Eva Maria Gutt

Sieben

klingt

schöner

als

vier

eine sinnstiftende Erzählung

Buch 1

Wissen Sie, den berühmten ersten Satz in einem Buch spare ich mir. Wie „man" etwas macht und tut, damit es gut wird, interessiert mich nicht. Vielleicht werde ich einen guten letzten Satz haben.

Wobei, gerade fällt mir ein guter erster Satz ein. Vor zwei Stunden, heute Nacht um halb fünf, habe ich meinem ersten Liebhaber eine Mail geschrieben:

„Ich habe Lust. Ich bin schon ganz wund gestreichelt von mir selbst. Unglaubliche Lust auf Dich. Jetzt."

Mein vergangenes Leben ist in den letzten Wochen zu mir gekommen. Erst durch Thomas, Tom, den ersten Liebhaber zu Studienzeiten. Er hat mich angemailt. Wollte ein Treffen, um eine Friedenspfeife zu rauchen. So hat er angefangen, der erste Teil meiner Vergangenheit, die mir jetzt begegnet.

Den zweiten Teil hatte ich selbst bewirkt, indem ich alte Videokassetten zur Medienrettung brachte. Nun sehe ich mich, im Alter von dreißig und siebenunddreißig Jahren, auf DVD. Und ich bin begeistert von mir und verliebe mich in mich selbst. Es ist unglaublich.

Der dritte Teil hängt mit dem ersten zusammen. Mit dem Schreiben von Briefen, von Informationen, mit Kommunikation.

Mein Vater erkrankte, als ich vier Jahre alt war, an Kehlkopfkrebs. Er wurde operiert, der Kehlkopf entfernt. Danach konnte er nicht mehr sprechen. Also schrieb er seine Antworten in ein kleines Heft. Eines dieser Hefte ist letzte Woche zu mir gekommen.

Es berührt mich ungemein. Die Schrift meines Vaters, seine Worte, und vor allem erzählt er seinem Gesprächspartner schriftlich sein Inneres. Auch von der Zeit, als er, erst zwanzigjährig, Pilot im zweiten Weltkrieg war. Etwas, das ich gern gewusst hätte in den Jahren danach, als ich ihn – zunehmend größer werdend – als meinen Vater kennenlernte. Streng, unnahbar, abwesend und vor allem ständig betrunken und krank. Als meinen Vater, den ich so liebte, trotz der Strenge. Der manchmal doch nahbar und witzig war, der in meinen Augen schön aussah, gut roch und so einen wunderbaren Händedruck hatte. Mehr als diese Berührung gab es nicht, aber die war wundervoll. Von ihm gesehen zu werden, war für mich das Größte.

All das ist nun zusammen bei mir. Es mäandert Erinnerungen nach oben. Und es erfüllt mich mit unendli-
chem Glück.

Man sagt, die Vergangenheit, die Erinnerung
kommt näher, bevor man stirbt. Das glaube ich in
meinem Fall nicht. Mir bringt die Vergangenheit mein
wahres Leben.

Vater 1

Zitat:

„Als Pilot gelebt von einem Tag auf den anderen, denn man wusste nie, ob am nächsten Tag noch am Leben. War eine schwere Umstellung, wie ich wieder zu Hause war. Rührung kannte ich nicht, erst wie mein Sohn geboren war. Bei Abstürzen von Kameraden musste etwas geborgen werden, ob eine Hand oder ein Bein, der Trecker musste es ausreißen. Da wird man verdammt hart."

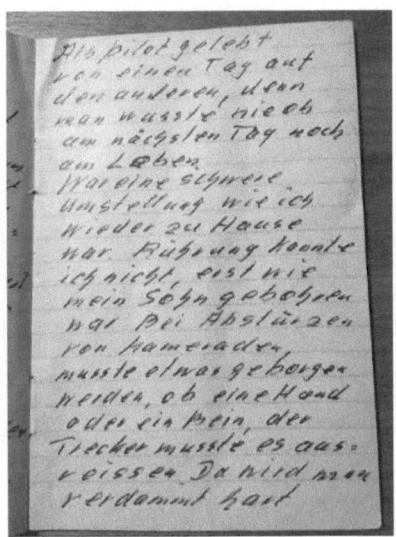

Noch weine ich nicht, wenn ich das lese. Es ist zu viel auf einmal. Seine schöne klare Schrift. Das Heft, das er in den Händen hielt. Die Erinnerung an meinen Vater.

Er ist vor vierunddreißig Jahren an meiner Hand gestorben. Doch noch heute kann ich ihn riechen und seinen kompakten festen Körper spüren.

Nicht den, als er starb, da war nicht mehr viel da. Den Körper vorher, den Rücken, den ich jeden Sonntag waschen musste, oder durfte? Ich bin mir nicht sicher.

Nachdem der Kehlkopf entfernt war, er durch das Loch im Hals atmete und eben nicht mehr durch die Nase, begann mein Vater ein Ritual.

Eine Waschschüssel, mit klarem, warmem Wasser, in die er sein Gesicht hineintauchte. Ich glaube, mit offenen Augen. Er konnte viele Minuten das Gesicht im Wasser haben, da er ja durch das Loch im Hals atmete. Ich stand daneben, bereit, ihm den Rücken zu waschen. Was ich dann nach seinen Vorgaben lange und ausgiebig tat. Froh über Körperkontakt mit meinem Vater.

Aber da war ich natürlich schon älter, vielleicht begann es so, als ich vierzehn war.

Tom 1

Wir haben uns getroffen, mein erster Liebhaber und ich. Er hat mir meine Briefe mitgebracht. Ungefähr achtzig Briefe aus der Zeit unseres Studiums. Nicht nur die Briefe, auch Zettel, die wir uns schrieben. Er hat alles aufgehoben, jeden noch so kleinen Zettel. Damals schon immer alles eingefordert. Vehement.

Jetzt weiß ich warum. Ist das nicht ein Wunder? Es war auch ein Foto dabei. Ich mit einundzwanzig Jahren. Sehr lieb und unschuldig aussehend. Ziemlich energisch wollte er dieses behalten. Erstaunlich.

„Briefe du", sagte er. „Sind da Fotos drin, gib sie mir. Das ist der Deal."

Nun habe ich die Briefe gelesen, die ich ihm im Alter von einundzwanzig bis fünfundzwanzig geschrieben habe. Unglaubliche Briefe. Lange Briefe, eng beschrieben. Liebesbriefe, Alltagsbriefe. Briefe, die den Alltag eines Studiums in der DDR beschreiben. Die vielen Wochen in einem Zivilverteidigungslager der DDR. Ja, wir Mädchen mussten mit Gasmaske, von uns freundlich Schnuffi genannt, und in Uniform die „Verteidigung der DDR" üben. Briefe voller Alltag, Witz, Sehnsucht, Liebe, Erotik – manche über den ganzen Tag verteilt geschrieben.

Andere Briefe, die beschreiben, wie wir uns liebten und trennten, liebten und trennten. Ein Muster in meinem Leben, wie ich heute weiß.

Geschlafen habe ich mit Tom im August 1984. Im April davor war mein Vater an meiner Hand gestorben. Darüber steht in den Briefen nichts. Ich lese auch keinen Schmerz, keine Trauer in den Worten der jungen Evi. Weinen kannte ich nicht.

Ich habe Tom damals den Nassrasierer meines Vaters geschenkt. Er benutzt ihn noch heute.

Leben 1

Ich schaue die Videos. Wir feiern den 65. Geburtstag meiner Mutter im Garten des Hauses, in dem ich aufgewachsen bin. Es ist 1992. Ich bin neunundzwanzig. Mein Bruder und seine Frau sind auch da. Wir waren mal alle ausgereist aus der DDR.

Und nun ist die Mauer weg und wir sitzen wieder im Garten unseres alten, zerfallenen Heimathauses. Mein BMW steht in der Einfahrt, in der früher der Moskwitsch meines Vaters stand.

Ich wohne jetzt in Köln, arbeite erfolgreich in der IT. Nicht schlecht, Diplom-Ingenieurin Maschinenbau zu sein. Ungewöhnlich als Frau im Westen. Mein Leben in Köln gefällt mir.

Ausgereist bin ich auch, um meine Mutter loszuwerden. Da machen die einfach die Grenze auf. Und wie das Video zeigt, bin ich wieder ganz und gar die fürsorgliche Tochter. Ich schaue es noch emotionslos. Abwarten.

Systemisch 1

In meiner Jugend habe ich die Bücher von Émile Zola geliebt. Besonders den Zyklus der Rougon-Macquart-Familie. Es sind zwanzig Bände. Vorn in jedem der Bücher steht der komplette Stammbaum der Familie. Die Bücher handeln von der Vererbung körperlicher, aber auch charakterlicher Eigenschaften in einer Familie über Generationen hinweg. Das fand ich sehr interessant.

Jetzt habe ich eine langjährige systemische Ausbildung hinter mir, das Genogramm meiner Familie wird immer größer und die Zusammenhänge mir immer klarer.

Alles ist genauso, wie es ist, weil alles genauso war, wie es war. Mich gibt es nur, weil alle meine Vorfahren genau so entschieden haben, wie sie es getan haben. Und da gab es Millionen oder Billionen Möglichkeiten, Abzweigungen, Entscheidungen, die alles hätten anders werden lassen. Und auch mein Leben hat so unendlich viele Abzweigungen und Möglichkeiten gehabt, wie mir diese Vergangenheit gerade zeigt.

Geburt 1

Kann es sein, dass eine ganze Schwangerschaft lang nicht über meine Geburt gesprochen wurde? Kann es wirklich so sein, wie es mir erzählt wurde, dass der immer dicker werdende Bauch meiner Mutter ein Tabuthema war? Dass der Nachkömmling nicht willkommen war? Schon gar nicht bei der Mutter des Vaters, der mit seiner wachsenden Familie seit seiner Heirat in der Wohnung seiner Eltern wohnte. Nach den schon drei Kindern im Alter von vierzehn, dreizehn und vier kam dann noch eines.

Wie wohnten wir eigentlich zu der Zeit? Ein Zweifamilienmietshaus. Oben eine eigenartige Familie, fünf Personen. Unten wir. Oma Bertha, die Mutter meines Vaters. Mein Vater Gerhard, meine Mutter Odette, meine drei älteren Geschwister – und nun auch ich. Die Wohnung hatte drei Zimmer, eine Veranda und eine Küche. Eine Waschküche im Keller. Mit Heizkessel und Badewanne. Gewaschen haben wir uns in der Küche, am Spülbecken. Scham konnte sich niemand leisten.

Die zwölf Personen der beiden Mieterfamilien teilten sich ein Außenklo im Stallanbau. Eine unserer Familienkrankheiten ist Spontan-Durchfall. Wir brauchen immer das Wissen um die nächste freie Toilette in der Nähe. Auch die Generation, die es damals noch nicht gab. Ist das der Stress aus dieser Zeit, der da wirkt in uns?

Naja, ich stand erstmal frisch geboren in einem Wäschekorb, irgendwo in dieser Wohnung. Meine vier Jahre ältere Schwester dachte: „Wann kommt das schreiende Ding wieder weg?"

Ich glaube, ab jetzt war ich der Liebling meines Vaters.

Studium 1

Da ich nicht wusste, was ich nach dem Abitur studieren wollte, arbeitete ich als Pförtnerin in der Frauenklinik. Das war sehr ungewöhnlich in der DDR, in der Regel war der Lebenslauf durchgeplant. Abitur, Studium, Arbeitsplatz – so gehörte sich das. Ich hatte die Stelle nur über die Vermittlung einer Bekannten meiner Mutter bekommen.

Nach etwa drei Wochen bat mich der Professor der Frauenklinik zu sich.

„Was machen Sie hier, Frau Gutt? Sollten Sie nicht eigentlich studieren?"

„Ich weiß nicht, was."

Er nahm meine Hand und schaute sich meine Fingernägel genau an.

„Das ist egal", sagte er. „Studieren Sie irgendwas."

„Irgendwas? Man geht doch auch nicht zum Bahnhof und steigt in irgendeinen Zug? Man weiß doch, wo man hin will." „Man nicht, Frau Gutt. Sie schon. Hauptsache, Sie fahren los."

Ich ging nach Hause und schrieb alle möglichen Universitäten an, ob noch ein Studienplatz frei sei. Eine Woche später ein Anruf der Technischen Universität Magdeburg.

„Guten Tag, wir haben noch einen Studienplatz in der Sektion 4 – Chemischer Apparate- und Anlagenbau – frei oder Sektion 7 – Thermischer und hydraulischer Maschinenbau. Sind Sie an einem interessiert?"

Sieben klingt schöner als vier, dachte ich.

So habe ich gemeinsam mit drei Frauen und vierzig Männern in meiner Matrikel Thermischen und hydraulischen Maschinenbau studiert. Bis zur Diplom-Ingenieurin.

Tom 2

E-Mail

Guten Morgen Tom,
keine Ahnung, ob Du das überhaupt alles noch liest
oder gleich löschst. Könnte ich verstehen, so wie Du ja
bei Deiner ersten Mail an mich. Aber wie auch immer,
es ist schön, Dir das schreiben zu können. Ich weiß
sonst nicht, wohin damit. Weißt Du, ich träume sehr
intensiv. Und eben beim Aufwachen wurde mir bewusst, ich halte Nähe nicht aus. Emotionale Nähe.
Ich schiebe Sex davor.
Du wolltest einfach nur mein Freund sein, oder nur
gut zu mir. Wein eingießen, einkaufen, wenn ich krank
bin. Vorbeikommen zum Reden. Das ist zu nah.
Das ist wirklich so, das kann ich nicht und will ich
nicht. Wichtig sein für jemanden will ich nicht. Ich
glaube, das würde ich nicht aushalten.
Ich kann mich an zwei Momente erinnern, in denen
Du „Ich liebe dich" gesagt hast.
Einmal im Studium, nachdem ich auf der Krankensta-
tion war. Da ist Dir das irgendwie klar geworden. Und
als Du einmal aus Köln abgefahren bist, da hast Du im

Auto sitzend noch mal das Fenster runtergelassen und gesagt: „Vergiss nie, dass ich dich liebe."

Das ist die Situation, an die ich mich immer erinnere, wenn ich an Dich denke. Ich konnte sie nur aushalten, weil du schon abfahrbereit warst. Anders hätte ich Dich rasch noch mal verführt.

Durch Deinen Besuch, das Sitzen und Erzählen ist mir bewusst geworden, was Partnerschaft noch bedeutet. Dieses Zusammensein. Einfach so, das Miteinander genießen. Nicht allein sein. Ich weiß, Du sehnst Dich gerade nach mehr Alleinsein. Und das ist ja auch schön, das Alleinsein. Die gute Balance zwischen beidem ist es wohl. Falls Du dies hier liest, danke dafür.

Evi

Ich bin's immer noch, Tom, einfach Evi. Und glaub mir, mit allem, was ich geschrieben habe, ich wollte Dir nicht wehtun. Es hat mich nur überfordert.

Leben 2

Ich schreibe ein Buch. Ich bringe meine Geschichte, meine Sicht auf das Leben, meine inneren Worte nach außen. Allein der Gedanke tut so gut. Vor drei Tagen habe ich mich dazu bekannt. Nicht entschlossen, sondern bekannt. Zu dem Wunsch danach. Zu der Sehnsucht, Schriftstellerin zu sein. Drei Tage bin ich ganz ruhig gewesen. Wenn sich etwas fügt, braucht man nicht schnell sein. Ich muss nicht schnell sein, es ist ja beschlossen.

Alles fügt sich: Meine Begeisterung für Paris und die Pariser Bistros. Meine Liebe zu den Menschen der 1920-er Jahre in Paris. Da lebten sie alle, die Schreiber und Maler. Künstlertum wagen. Sich zeigen, sich ausdrücken, ohne sich zu hinterfragen. Im Gegenteil: befeuert, bejaht durch die anderen.

Ich träume mich in Bilder hinein. Bald sitze ich in meinem Lieblingsbistro Le Nemours in Paris und bin Schriftstellerin. Immer noch ich – und Schriftstellerin. Wie viele der schreibenden Zunft vor mir bestelle ich: « un verre de vin rouge », dann öffne ich mein nächstes Manuskript, blicke auf all die Menschen um mich herum und wünsche mir, dass meine Bücher auch hier willkommen sind.

Salonnière[1] und Schriftstellerin, das gefällt mir, das schreibe ich auf meine Visitenkarte. Noch steht da keine Tätigkeit drauf, auf meiner wunderschönen Karte, gedruckt von einer alteingesessenen Druckerei hier vor Ort. Als ich sie drucken ließ, mit Goldprägung und Pipapo, wusste ich nicht, wo meine Lebensreise hingeht. Aber ich wusste, dass etwas Neues kommt.

Anderes. Erfülltes, Erfüllendes. Ja, etwas erfüllt sich.

Körper 1

Mein Körper signalisiert alles, und ich bin ihm unterlegen.

Heute sollte der Tag sein, an dem ich bewusst beginne, mein Buch zu schreiben. Mich ausleben. In Worten, Geschichten, Gedankenfetzen, Verdrängtem, Geliebtem, noch Wortlosem.

Nun habe ich Durchfall. Ausgebremst ist die schöne Vorstellung, hübsch gemacht am Tisch zu sitzen und zu schreiben im Bewusstsein, eine Schriftstellerin zu sein. Ich liege mit Tee im Bett und schreibe diese Zeilen. Das lasse ich mir nicht nehmen, egal wie groß das Körperdrama ist. Er will mich ja nur retten: Ist doch gut so wie es ist, geh doch kein Wagnis ein, du könntest enttäuscht werden.

Körper hat ja auch immer mit „Sich-Zeigen" zu tun. Also kann ich ihn gut verstehen.

Anders sein 1

Ich wollte immer anders sein. Meine drei großen Geschwister haben alle etwas studiert, das ihren Gaben entsprach: Die beiden Großen studierten Kunst, um dann im Filmbusiness zu arbeiten, meine mittlere Schwester wurde Dolmetscherin. Habe ich Gaben? Sicher. Aber vor allem wollte ich anders sein als meine Geschwister. Nicht vergleichbar sein und somit auch nicht verlieren können. So studierte ich Maschinenbau.

Unglaublich. Mein eigenes, unglaubliches Leben. Nun muss ich doch lachen bei dem Gedanken, dass es sich einfach so lebt. Siehst du, so schwer ist Leben doch gar nicht. Mehr wie eine Ansammlung von Erfahrungen.

Studium 2

Letztes Jahr hatte ich Seminargruppentreffen. Nach dreißig Jahren. Wir waren im Gebäude der Sektion in Räumen, in denen ich meine Prüfungen abgelegt hatte. Ich fühlte mich vollkommen fremd. Hatte das hier irgendwas mit mir zu tun?

Ich saß neben Wolfgang, einem Kommilitonen, und wunderte mich innerlich über mein Leben in der Studienzeit. Leben geschieht eben, ein kurzer Moment der Entscheidung, und dann beginnt ein Weg. Noch ganz in mir und mit mir griff ich in meine Handtasche, um ein Taschentuch herauszuziehen.

Wolfgang sah mich kurz an und sagte: „Oh, ich dachte, du holst jetzt so eine lange Zigarettenspitze heraus und rauchst erst mal eine."[2]

Wie Energie sich doch zeigt! Grandios!

Leben 3

Halb zog es mich, halb sank ich hin. Ich glaube, so ist das Leben. Was tun wir bewusst, was geschieht einfach so?

Gedanken erzeugen Gefühle. Gut, wenn es die eigenen und positive Gefühle sind. Schlecht, wenn es Informationen von außen sind und wir springen darauf. Dann sind es Gedanken, die einem anderen Hirn entsprungen sind, einem anderen Bewusstsein, einem anderen Menschen, der anderes erlebt hat. Alles, was wir als Information lesen oder im Fernsehen sehen, muss durch ein Hirn durch. Nur Natur ist pur, ohne fremden Hirnfilter. Nur ich und Natur – Information und Eindruck, die mein Hirn speziell für mich aus vielen Millionen von Eindrücken filtert.

Das ist einzigartiges Leben. Da ist noch so viel Leben in meinem Leben! Und das will einfach nur raus.

Erstaunlich. Nun verhilft mir mein gelebtes Leben der vielen vergangenen Jahre zu einem neuen Leben. Schriftstellerin sein, was heißt das überhaupt? Schreiberin, Gedankenteilerin. Was noch?

Ah, eine Schrift zu erstellen. Bin dabei.

Geburt 2

Ich habe mir als junges Mädchen geschworen, kein Kind zu bekommen. Es könnte ja ein Mädchen werden und das Gleiche fühlen wie ich. Und das wollte ich einfach nicht. Ich wollte, dass es mit mir aufhört, dieses So-zu-Fühlen.

Jahre später erwachte ich im Studentenwohnheim von einem Ruck, der durch meinen Körper rauschte, und lag mit meinem Unterkörper in einer Blutlache.

Da hatte der Schwur das Seine getan.

Traum 1

Jahrelang träumte ich den gleichen Traum. Links von mir sehe ich gut gekleidete, entspannte Menschen eine große breite Wendeltreppe hinaufgehen. Ich will da auch hinauf, bin aber nicht auf der Wendeltreppe. Ich bin auf einer Art parallelen Stiege, sehr steil, sehr verwinkelt, teils muss ich kriechen, durch Luken oder Fenster, die wiederum sehr hoch und kaum erreichbar sind. Immerzu sehe ich die lachenden Menschen neben mir leicht die Treppe hochschreiten, fast belanglos gleichgültig. Mein Traum endet immer damit, dass ich hochschrecke, weil ich in einer Luke steckengeblieben bin.

Seit ich nicht mehr den in meiner Kindheit entstandenen Satz „Das Leben ist ein Kampf" denke, sondern spüre, dass das Leben mich will, mich immer wollte, sonst wäre ich nicht geboren worden, und dass mein Leben schön ist, wenn ich diese Schönheit nur sehe, seitdem wandle auch ich die Treppe hinauf. Meine ganz eigene, breite, wunderschöne Treppe.

In der Realität, nicht im Traum.

Traum 2

Ich renne durch Straßen und habe ein Baby im Arm. Es geht abwärts, ich muss durch U-Bahn-Tunnel. Diese laufen mit Wasser voll, übervoll. Ich renne weiter, kann das erstaunlicherweise unter Wasser. Aber das Baby nicht. Ich strecke meine Arme hoch, halte das Baby über Wasser, es atmet, es lebt. Auch das ein wiederkehrender Traum nach dem Knacks in meinem Leben.

Jahre später frage ich meine Astrologin, warum ich immer Todesangst hatte. Sie schaut und sagt: „Das kommt vom ersten Monat nach deiner Zeugung." „Ja", sage ich, „das verstehe ich, dass meine Mutter sich bemüht hat, mich abzutreiben."

Ging nicht, ich hielt mich selber über Wasser.

Systemisch 2

Ich will leben!

Es gibt ein großartiges Aufstellungsformat von Wilfried Nelles. Lebensintegrationsprozess – kurz LIP[3] genannt. Man begegnet sich selbst in seinen verschiedenen Lebensstufen. Und vor allem begegnet man seinem Kern, der Idee, mit der wir geboren werden.

Mein Kern, meine Idee, mein Ursprung schaute mich mit klaren Augen an und zeigte deutlich: Ich will leben!

Nicht einfach nur so, unbewusst, sondern ganz nah, ganz mittendrin, pur, kraftvoll und vor allem genießend. Das war ein tiefer Moment, mich selbst so zu sehen und zu erinnern.

Diesmal kein Knacks, sondern eine Heilung auf dem Weg zur Hingabe an mein Leben.

Körper 2

Manchmal, wenn ich schreibe, drückt es mir in der Kehle oder es drückt mir auch die Kehle zu. Woher kommt das? Kehle, Hals ist Ausdruck, sprechen können, sich ausdrücken. Sagen, was drückt. So sehe ich das.

Mein Vater hatte Kehlkopfkrebs. Da war dann Schluss mit dem Sprechen. Erst mal. Seine unglaubliche Überlebenskraft hat ihn irgendwann wieder sprechen lassen. Mit eigenartiger Stimme. Halten Sie mal die Luft an und sprechen Sie. So hörte es sich an.

Einmal stand ich an der Tankstelle zum Bezahlen. Lange nach dem Tod meines Vaters. Der Mann vor mir sprach genauso. Ich war erschrocken und glücklich zugleich. In dem Moment hörte ich meinen Vater in seiner Umgebung. Tankstelle, Auto, Benzin tanken, fahren, die Welt meines Vaters. So ein kleiner schöner Erinnerungsmoment.

Da kommt man am besten mit tiefem Atmen durch.

Ahnen 1

Kinder habe ich keine. Bereut habe ich es, als ich sie-benunddreißig wurde, vermutlich haben da die Hor-mone gerufen: Jetzt oder nie! Es wurde nie.

Vielleicht bin ich deswegen mehr bei meinen Ah-nen. Den Tausenden Menschen, die dafür gesorgt haben, dass es mich gibt. Indem sie Sex hatten. So ein schöner Gedanke. Wir entstehen alle durch Sexualität, ein so wenig präsentes Thema in unserer Zeit, wie auch der Tod. Kein Wunder, nennt man doch einen Orgasmus den kleinen Tod. Hatten Sie ihn schon?

Zu einem meiner Salons zum Thema „Ahnst du, was von deinen Ahnen kommt?" habe ich meine Ah-nen mit Figuren aufgestellt. Nur bis in die fünfte Ge-neration zurück, waren zweiundsechzig Menschen daran beteiligt, dass ich geboren wurde. Die kannten sich gar nicht alle, und ich weiß auch nicht von allen. Aber alle hatten Sex und haben dabei ein Kind ge-zeugt. Immer einen meiner Ahnen. Und meine Eltern dann mich. Heute gibt es das neue Wort Diversität. Das hier nenne ich Diversität! Ich bin Diversität und jeder andere Mensch auch. Aus solcher Vielfalt gebo-ren. Seine Ahnen zu kennen und zu ehren bereichert. Da bin ich mir sicher.

Rose 1

Eine Rose ist eine Rose ist eine Rose …

Eine Freundin fragte mich, ob ich meinen Balkon für einen Zeitungsartikel porträtieren lassen würde. Sie habe da eine Bekannte, die sei Journalistin und würde gern eine Sommerserie über Balkone machen. Ja, natürlich, ich liebe meinen Balkon, warum nicht?

Der Tag kam und es wurde eher ein Porträt über mich und meinen Balkon. Kann der Balkon ein Spiegel des Menschen sein?

Und da bin ich nun, mit meiner Idee, dass wir alle einen eigenen Kern haben, so wie eine Pflanze auch. „Eine Rose ist eine Rose ist eine Rose", sagte ich, nicht wissend, dass dies eine bekannte Zeile aus einem Gedicht von Gertrude Stein ist. Und das, wo ich die Zwanzigerjahre in Paris so liebe! Nun dann, ich kann auch sagen: „Eine Distel ist eine Distel ist eine Distel." Und manchmal steht diese in einem Rosengarten und fühlt sich zugehörig (Stacheln), aber eben auch so ganz anders. So geht es uns auch manchmal, oder? Zugehörig, aber anders? Manch einer hat dieses Gefühl auch in seiner Ursprungsfamilie, ist verunsichert und sollte dann bestenfalls ausziehen, sich selbst zu suchen.

Meine älteste Schwester hat in mein Poesiealbum ein Zitat geschrieben, das mich nun seit meiner Kindheit begleitet: „In jedem ruht ein Bild dess', was er werden soll, solang er das nicht ist, ist nicht sein Friede voll. Angelus Silesius"

Mein Friede war lange nicht voll und ich habe nach mir gesucht, aber, wie ich jetzt weiß, nicht wirklich. Eher über das, was mich scheinbar hinderte, eben die anderen, die Eltern – bei mir als Frau die Mutter natürlich besonders –, die Geschwister, die falschen Freunde, Liebschaften, die Stadt, das Land, die Welt ... Da kann man Jahre mit verbringen.

Und plötzlich merkt man, dass man bei allen Dingen bei sich selbst anfangen muss. Wir alle haben einen Kern, eine Idee in uns, die wir erkennen und uns eingestehen müssen ... Wir müssen ihr folgen, dann fängt das Leben an, schön zu sein.

So wie das meine gerade.

Buch 2

Wie es mich doch interessiert, wie Leben sich formt und entwickelt. Achtsam zu sein und Impulse zu bemerken, liebe ich. Dann feine Fäden daraus zu weben, die irgendwann zu Materie werden.
Mal ein Rosenbalkon und mal ein Buch.

„Mens agitat molem" ist mein Lieblingszitat. Der Geist erschafft die Materie.

Aus vier Fäden entstand der Impuls zu diesem Buch.

Erster Faden: Tom bringt mir meine Briefe, und gleichzeitig erwähnt er eine Buchfreigabe. Hm, was bewegt ihn, das zu sagen? Oder spricht einfach das Leben, das Lebendige aus ihm?

Zweiter Faden: Am 6. September 2019 habe ich mit drei Frauen einen Abend in der Zukunft verbracht, nämlich am 6. September 2021. Wir haben uns so gekleidet, so gesprochen, Visitenkarten und getrocknete Hochzeitsblumensträuße gezeigt, als wäre es schon 2021. Ich selbst habe kurz vor dem Termin einen Impuls bekommen, zu dem Treffen zu gehen und zu sagen, ich käme gerade von einer Lesung, bei der ich aus meinem ersten Buch gelesen habe. Dazu habe ich mir rasch mein Buch kreiert, denn das sollte ja ganz real sein. Der Titel lautete „Sieben klingt schöner als vier". Der Klappentext, den ich handschriftlich aufbrachte, ging so: „Eva Maria Gutt schreibt über das Leben, das Lieben, das Werden & das Sterben. Ein gelungenes Erstlingswerk."

Dritter Faden: StoryLAB by GO Gudrun Otten, Innenreise mit Gudrun Otten[4] über acht Wochen. Entscheidung im ersten Termin: Ich schreibe und veröffentliche ein Buch.

Vierter Faden: Ich glaube daran, dass alle Materie, die entsteht, ein morphogenes Feld hat. Schon vor der Materialisierung. Ich liebe es, mit einer Seherin in diese Felder zu schauen. Also diesmal das Buch, der Ort der ersten Lesung, eine Leserin. Und ja, alles ist da! Das Buch zeigt sich, genau wie es jetzt ist.

Ein gedrucktes Buch. Weißer Einband. Texte schlendern durch die Seiten. Es gibt viel Freiraum. Ungewöhnliche Sprünge. Und immer wieder die Frage: Darf man das? Darf man so schreiben? Das fragt sich auch die Leserin, die im Raum der Lesung (ein großer Raum ähnlich einem Theater, aber ohne Bühne) hervortritt. Sie ist da, um die Frau hinter dem Buch zu sehen. Mich. Und sie denkt: „Die traut sich was! Und dabei ist sie so normal." Wir fragen nach dem Namen der Leserin. Ich höre Ines, die Seherin hört Agnes. Also, falls Du Ines oder Agnes heißt, komm gern zu meiner Lesung.

Nachdem das Buch geschrieben war, schaute ich mit der Seherin erneut in das Feld einer Lesung. Nun saß Ines oder Agnes in der letzten Reihe, und vor ihr viele weitere Menschen. Menschen, die sich wohlfühlten in ihrem Leben und fasziniert waren von der Art der Rückschau auf die eigene Vergangenheit. Das Annehmende, das Bewertungslose, das gefiel den Zuhörern, auch die Idee, dass sich, ähnlich wie bei einem Salon, viele Gleichgesinnte im Raum zusammengefunden hatten. Und natürlich war es mir ein Vergnügen, mit meinen Gästen nach der Lesung bei guten Getränken weiter über das Leben zu philosophieren.

So, wie ich es mag.

Sterben 1

Gestorben ist mein Vater 1984, da war er erst drei-
undsechzig und ich zwanzig. Er starb an Speiseröhren-
krebs, bei uns zu Hause.

„Lasst mich nicht allein sterben." Diesen Satz meines Vaters habe ich so oft gehört. „Lasst mich nicht
allein sterben."

Es ging, glaub ich, schnell mit diesem Krebs.
Zuhause aß er anfangs abends nichts mehr, sagte, er
sei satt. Und dann rief eines Tages die Bedienung seiner Stammkneipe bei meiner Mutter an und fragte,
was denn los sei. Mein Vater würde nur noch Suppen
essen, und das unter Qual.

„Gerhard, was ist los?" Dann war es ausgespro-
chen. Und mein stolzer, schöner, großer Vater
schwand dahin. Nahrung spritzten wir ihm nun durch
eine Sonde in der Nase.

Ich studierte ja noch, meine Geschwister waren
nicht da; im Ausland, längst ausgereist aus der DDR
oder in Ausreise. Aber das ist ein ganz eigenes Kapitel.

Also war ich am Wochenende zu Hause, unter der
Woche beim Studium in Magdeburg. Mich nicht mehr
freitagabends vom Bahnhof abholen zu können, fiel

meinem Vater schwer. War es doch ein Ritual. So stolz war er auf seine Tochter, die Maschinenbau studierte.

Mittlerweile bekam mein Vater Morphium gespritzt und war selten wach. Einmal begrüßte er mich Sonntagmorgen voller Freude, obwohl ich schon seit Freitag da war und wir uns jeden Tag gesehen hatten. Da wusste ich, ab jetzt haben wir nur noch Momente.

Geburt 4

Nach dem Knacks in meinem Leben habe ich mich taufen lassen.

„Mutti, warum sind wir eigentlich alle nicht getauft?"

„Wieso, Kind, alle deine Geschwister sind getauft."
„Und warum ich nicht?"

„Ach Kind, als du kamst, war alles anders."
Nur gut, dass ich mich habe! Sich selbst eine gute Mutter sein.

Die Pastorin hat mir einen Taufspruch geschenkt.

„Ich habe dich je und je geliebt, darum habe ich dich zu mir gezogen aus lauter Güte. Jeremia 31,3"

Mein Geschenk an mich war eine zarte Kette mit einem Anhänger, in den ich den Spruch „Geborgen im Leben" gravieren ließ. Und wenn man mag, kann man auch „Im Leben geborgen" lesen.

So ist das jetzt. Ich bin ganz und gar im Leben geborgen. Was auch sonst?

Körper 3

Morgens vor der Schule: Aufwachen und zur Toilette gehen. Außenklo, da hört mich niemand. Und dann habe ich mich erbrochen, bis Galle kam. Galle hat mich ungemein erleichtert!

So konnte ich in den Tag gehen. Mir ein Butterbrot schmieren, immer Graubrot mit Butter und Kunsthonig. Und dann zur Schule laufen.

Das Erbrechen war für mich normal. So wog ich mit achtzehn Jahren siebenundvierzig Kilo bei einer Größe von einem Meter achtundsechzig. Heute ist das schick, damals war es grausam. Dürr oder spack war das Wort dafür. Wir Mädchen waren alle spack, unsere Mutter mochte das. Gerade jetzt, wo ich davon erzähle, wiege ich genau das Doppelte. Beide Zahlen schreibe ich voller Scham.

Auf wundersame Weise hat die Sehnsucht nach der Galle beim Studium aufgehört. Die Pille und der viele Sex haben mir einfach gutgetan.

Sterben 2

Meine Mutter rief im Wohnheim an. „Du musst kommen, ich kann nicht mehr. Ich kriege draußen keine Luft mehr."

Ich habe mein Studium geschmissen und bin nach Hause gefahren. „Wo ist Vati?" „Im Krankenhaus. Ich habe es nicht mehr geschafft."

Sofort bin ich ins Krankenhaus geradelt. Da lag er. Und nur einmal habe ich Schwäche gezeigt, meinen Kopf auf seinen Bauch gelegt. Kurz, aber nur ganz kurz hat er meinen Kopf gestreichelt. Kleiner Moment der Nähe und der Wahrheit. Und dann hat er mit den Lippen formuliert: Ich brauche Morphium.

„Schwester, mein Vater braucht Morphium, er hat es heute noch nicht bekommen." „Na, dann soll er doch was sagen." „Aber, Schwester, er hat keinen Kehlkopf mehr, wie denn?"

Unter Tränen bin ich nach Hause geradelt. „Wir müssen ihn da rausholen. Ich bleib hier, Mutti." „Gut, mein Kind, das machen wir."

Lasst mich nicht allein sterben.

Paris

Es war einmal mein junges Ich, das lebte in Greifswald – einer Stadt, die zu einem Land gehörte, welches das Reisen in die weite Welt eher nicht so befürwortete – und träumte von Paris. Und las alle Bücher von Zola und Balzac. Die Romane der „Menschlichen Komödie" von Balzac beschreiben das alltägliche Leben und die Gewohnheiten der Gesellschaften in Paris um 1850. Da also war meine große Liebe!

Diese Bücher der Pariser Lebensart. Alle habe ich verrückt gemacht damit, so dass mein Vater zu dem Ausspruch kam: „Ihr immer mit eurem Schola!"

Und dann kam alles anders und ich wohnte in Köln – nur drei Stunden von Paris entfernt – und fuhr doch nicht dahin. Weil die Sehnsucht nach Paris so groß war, aber das Sprachtalent klein, und überhaupt: Paris ist die Stadt der Liebe, da wollte ich mit einem Geliebten hin.

Irgendwann stellte sich der scheinbar Passende, „sprachgewandt und weitgereist", auch ein, entpuppte sich aber als, nun ja ... davon später.

Also sprach die immer älter werdende Eva von ihrem Traum von Paris und der Liebe – und die immer größer werdende Tochter der besten Freundin hörte das. Sie wohnte auch in Köln, hatte Paris schon zu Schulzeiten kennen und lieben gelernt und sagte mir, ihrer Patentante:

„Wenn du bis zu Deinem fünfzigsten Geburtstag keinen Mann gefunden hast, der dich liebt und mit dir nach Paris fährt, dann fahre ich mit dir."

So kam es dann auch. Sie schubste mich an, ein Hotel zu mieten, und da waren wir dann im heißen Sommer in Paris. Und ich ahnte, was mich die ganze Zeit abgehalten hatte: Ich befürchtete, es wäre nicht so schön wie in meinen Träumen oder wie in den Filmen und Büchern beschrieben.

Aber dann ... war es noch schöner. Weil eben nicht zerstört im Zweiten Weltkrieg. Weil ein deutscher General Hitlers Befehl zur kompletten Zerstörung der Stadt nicht befolgt hatte[5]. Das alte Paris war noch da.

So konnte ich im Musée d'Orsay vor einer von Toulouse-Lautrec bemalten Holzwand stehen und einfach losweinen, weil es mich so berührte, dort zu stehen, wo er, der Maler, mal gestanden hatte. Und zwei Meter vor dieser Holzwand kam die ganze alte Pariser Geschichte der Bohème auf mich zu.

Jetzt, bei meinen vielen Reisen nach Paris, und es ist ja heute möglich in den typischen Pariser Häusern mit Wohnungen im alten Charme zu logieren, kann ich es immer noch nicht fassen und fühle es doch immerzu – das alte Paris. Ein wunderbares Gefühl! Ich muss immer wieder weinen, weil es so schön ist.

Ich schätze: Da hilft nur Champagner.

Sterben 3

Nun waren wir zu dritt zusammen. Der Arzt brachte das Morphium täglich. Wir spritzen die Nahrung, wuschen und pflegten meinen Vater. Ich glaube, es gab auch gute Tage. Tage, an denen ich sagte: „Wird schon, Vati. Das wird schon wieder."

Eigenartiger Alltag, davon ist mir wenig in Erinnerung. Ich erinnere mich, dass ich anfing, darüber nachzudenken, dass ich keine schwarzen Schuhe für die Beerdigung hatte.

Und ich erinnere mich an einen Abend, als meine Mutter und ich etwas Lustiges im Fernsehen sahen und lachten. Da ging die Tür auf, mein Vater wankte herein mit einem Messer in der Hand und schnitt das Stromkabel des Fernsehers durch.

Wie verhält man sich, wenn der Tod nebenan eingezogen ist?

Rose 2

Ich spreche mit den Rosen auf meinem Balkon. Ich schreibe bewusst „den" Rosen und nicht meinen Rosen. Diese Rosen haben ein Eigenleben. Gekauft habe ich sie klein und zart und nun ergießen sie sich üppig. Aus der Idee von vielen rosa Rosenblüten sind Rosen von leuchtendrot bis orange entstanden. Entstanden ist das richtige Wort. Es ist einfach geschehen, jede hatte einen zarten rosa Kern und nun habe ich hier eine wilde Pracht. So, wie ich es liebe.

In jedem Frühjahr erneut sehe ich die zarten Knospen, das langsame Erwachen, Erblühen, und dann entsteht die ganze Fülle, Schönheit und der Duft. Das Sommerleben der Rosen ergießt und ergibt sich mit Hingabe. Totale Schönheit, in jedem Detail. Zart und üppig zugleich.

Das zu sein, lerne ich von den Rosen.

Einsamkeit

Einsamkeit ist ein großes Wort. Es beschreibt etwas ganz anderes als Alleinsein. Einsamkeit ist innerlich. Einsamkeit IST.

Da ist er wieder, mein Same. Ein – Same. Und darin liegt sie wohl, die Einsamkeit. In unserer Individualität und Einzigartigkeit. Mit seinem Samen sein, seiner Idee von Welt und Leben. Anders als die anderen, das spüren wir als Einsamkeit.

Das ist Natur, einfach nur die übervolle, prächtige Natur. Kein Ding gleicht dem anderen. Jedes Blatt eines Baumes ist anders. Jedes. Jeder Mensch ist anders. So eine Vielfalt und Fülle auf dieser Welt. Und statt Freude und Glück darüber zu empfinden, spüren wir, wie uns die Einsamkeit runter in eine schwere Energie zieht. Trostlos, getrennt, wie in einem Vakuum. Unverbunden.

Ich habe mich jahrelang so gefühlt. Wie in einem Kasten, einem gläsernen Fahrstuhl. In diesem Fahrstuhl konnte ich mich wie auf Schienen durch die Welt bewegen. Alles war distanziert. Ich war geschützt. In der Einsamkeit. Und irgendwann kam ich da nicht mehr raus. Sie überfiel mich, die Einsamkeit, nahm mich in ihren Besitz. Ich konnte unter Menschen gehen, sprechen, lachen, aber ich blieb in dieser Blase, in diesem Fahrstuhl. Ich konnte aus eigener Kraft die Tür nicht öffnen und die Welt hineinholen oder in sie hinaustreten.

In einem Ausbildungsseminar stellte ich das Gefühl der Einsamkeit auf[6]. Wir stellten eine Stellvertreterin für mich in den Raum, dazu drei Menschen für die Gesellschaft und eine Frau als Stellvertreterin für die Einsamkeit. Zuerst geschah nichts, außer dass alle erstarrten. Die Einsamkeit gab sich große Mühe, mich mit der Gesellschaft zu verbinden, aber diese war vollkommen leblos.

Dann stellten wir drei Menschen als Stellvertreter für die Toten hinzu. Die Einsamkeit wurde glücklich und ruhig. Jetzt ist alles da! Und sie zog sich langsam zurück. Nun begann eine interessierte Unterhaltung zwischen allen Stellvertretern. Wer bist du, wie lebst du, wie hast du gelebt? Was ist dir wichtig?

Und wieder ging es nur darum: Alles will gesehen werden. Einfach nur gesehen werden. In den Worten „Ich sehe dich mit deiner Wirklichkeit" ist so viel Heilung.

Danach hatte ich das Einsamkeitsgefühl nie wieder.

Mann 1

Heiraten meine ich hier symbolisch, als Bekenntnis, mit einem Menschen sein ganzes Leben zusammen sein zu wollen.

Ich habe nie geheiratet. Ich habe nicht mal mit einem Menschen zusammengelebt. Ich war nie offizieller Teil einer Beziehung. Nie. Jetzt bin ich sechsundfünfzig. Wie habe ich das hinbekommen?

Zuerst wollte ich dich nicht. Die Ehe meiner Eltern zu erleben, war zu schlimm. Wer kann das freiwillig wollen?

Jetzt will ich dich. Jetzt will ich dich & mich. Ich will mich dem „&" hingeben. Nehmen wir es mal so, dreißig Jahre ohne dich, die nächsten dreißig mit dir und unserem &. Das wäre schön.

Sich verlieben geschieht, ich weiß. Es ist so wie alles im Leben nicht erwartbar, einforderbar. Ist ja mehr wie ein Erkennen.

Da bist du ja.

Alkohol

Wie gern würde ich jetzt während des Schreibens Wein trinken. Oder Whisky. Oder, wenn es gut läuft, Champagner. Aber ich mache seit acht Wochen mal wieder Diät. Da würde ich den Alkohol am nächsten Tag fünffach spüren und er würde mir den Tag rauben. So bleibe ich nüchtern und bin mir dankbar für diese „Vorarbeit". Gute Idee meines Unbewussten, so gut für mich zu sorgen. Nüchtern schreiben.

Alkohol gehörte schon immer zu meinem Leben. Als kleines Mädchen, als die Gutenachtküsse aufhörten und ich meinem Vater trotzdem nah sein wollte, bin ich aus meinem Bett gekrabbelt und zu ihm gelaufen. „Vati, ich träum immer vom Sterben."

„Komm her, mein Kind, setz dich zu mir. Trink einen Schluck Bier, dann hört das auf." So war ich meinem Vater nah.

Natürlich wollte ich davon weg. Ich hatte ja gesehen, was es aus einem Menschen macht. Aber ich schaffte es nicht. Alkohol tat mir gut und ich genoss ihn wirklich lustvoll.

Eines Tages ging ich zu meiner ersten systemischen Familienaufstellung. Ich weiß gar nicht mehr, mit welchem Thema. Gab ja reichlich. Ich erzählte von meinem Vater und vom Alkohol.

„Und trinkst du auch?"

„Ja, Johnnie Walker ist mein bester Freund."

„Erst mal ist das gut. Das ist die Nähe zu deinem Vater. Nur eins, Eva, wenn du dir das nächste Mal einen Whisky eingießt, hältst du ihn zum Himmel und sagst: Prost, Vati."

Selbst jetzt, wo ich es schreibe, treibt es mir die Tränen in die Augen. Die Sehn-Sucht war gebrochen.

Heilung hat immer mit Verständnis zu tun und mit dem Erkennen und Anerkennen dessen, was ist.

Sterben 4

Hier sind überall Ratten. Nein, Vati, hier sind keine Ratten. Doch, hier sind Ratten.

Warte, ich mach das Fenster auf und schick die raus. Schuschu, geht ihr wohl raus! Siehst du, sie sind weg.

Ja, ich bleibe hier.

Geburt 3

Meine Mutter hatte die große Wäsche in der Waschküche gemacht, und nun war der Versicherungsvertreter da, als die Wehen kamen. „Ich glaub', Sie müssen jetzt gehen. Mein Kind kommt."

In die Klinik hat sie keiner gebracht, aber sie hoffte, dass Gerhard kommen würde, wenn ich geboren war. Kinder liebte er doch so sehr. Und so war es dann auch. Er kam, und sogar mit Blumen.

Nachdem ich geboren war, telefonierte meine Mutter mit ihrer älteren Schwester, meiner Tante Dette.

„Wie wird sie heißen?"

„Eva."

„Ach Gott, Musch, gib ihr doch wenigstens noch ein Maria dazu."

Eva, so hieß die kleine verstorbene Schwester der beiden Odettes. Danke für das Maria, Tante Dette!

Leben 4

Es scheint so, als wäre ich meinem Vater noch sehr nah. Auch sechsunddreißig Jahre nach seinem Tod.

Das glaube ich nicht. Ich bin meiner Erinnerung an ihn noch sehr nah. Bis vor kurzem habe ich diese nur in mir getragen. Inwendige Bilder. Ich glaube, das nennt man lebendig sein. Und inwendig ist die Seele.
Ja, vielleicht waren unsere Seelen sich nah.
Vater & Tochter.
Das & ist noch sehr nah. So viel Liebe in diesem &. Es ist das Erlebte, das Gelebte, das Leben, und diesem will ich Ehre geben.

Mein Leben blüht aus meinen Wurzeln.
Ganz einfach.

Sterben 5

Gestorben ist mein Vater am Ostermontag. Der Arzt, der täglich kam, um das Morphium zu spritzen, sagte: „Heute wird er wohl gehen." Er war ja auch schon weit weg. Die Augen nach hinten gedreht, die Atemzüge lang und ruhig.

Mein Vater schlief seit Jahren auf einem Sofa im Esszimmer. Sein Kopf lag erhöht auf dem Seitenteil, das war wohl für das Loch im Hals gut, da, wo mal der Kehlkopf gewesen war. Das Loch ersetzte übrigens auch die Funktion der Nase. Er atmete durch das Loch und er schnaubte dadurch. Aber ich schweife ab.

Am Morgen kam ein Anruf von meiner großen Schwester aus Westberlin. Sie hatte, weil sie wegen des Ausreiseantrags natürlich nicht mehr beim Fernsehen tätig sein durfte, jahrelang als Nachtschwester im Krankenhaus gearbeitet.

„Wenn er tot ist, musst du ihm die Augen mit einer Binde umwickeln und das Kinn auch hochbinden. Sonst bleiben Mund und Augen immer auf."

Sie war damals dreiunddreißig, ich zwanzig. Unsere Mutter sechsundfünfzig, so wie ich jetzt. Aber ich schweife schon wieder ab. Das mit den Binden hatte ich noch nie im Fernsehen gesehen. Man drückt die Augen zu und fertig, dachte ich.

Ich saß wie immer am Bett meines Vaters. Wo war meine Mutter? Ich weiß es nicht. Später wird sie zu meiner Schwester sagen, ich habe sie vom Sterbebett ihres Mannes verdrängt. Ich weiß es nicht. Ich war einfach nur da.

Die ganze Zeit streichelte ich die Hand meines Vaters. Ganz ruhig, ganz langsam. So viel Nähe. Einmal ging noch ein Ruck durch seinen Körper, wie ein kurzes Aufwachen. Und er schaute mich an. Ein kleiner Moment. Dann wurden die Atemzüge länger – oder weniger? Ich kann es nicht sagen.

Es dauerte noch lange, das Warten auf den Tod. Man weiß es ja nicht, er kam unbemerkt.

„Ist er tot, Kind?"

„Ich weiß es nicht, woran erkennt man es denn? Er atmet ja mit Pausen. Ach ja, am Atem. Ich hole mal einen Spiegel." Zwei völlig überforderte Frauen suchten einen Spiegel. „Halt ihn vor den Mund. Atmet er? Halt ihn vor das Loch." Nichts.

Und dann, wie wunderschön, spürt man es doch. Er ist gegangen. Die Augen sind offen und gehen durch das Zudrücken auch nicht zu. Wozu auch.

Ich muss das Fenster aufmachen. Wer bittet mich darum? Die Seele? Ein wunderschöner Ostermontag. Der Nachbar hat laute Schlagermusik an. Eigenartig.

Meine Mutter und ich sind vollkommen erschöpft. Und nun? Darüber hatten wir nie nachgedacht. Da liegt Vati in seinem gestreiften Schlafanzug, weiße, noch volle Haare. Ein Männlein, nicht mehr der große stolze Mann, und doch ganz und gar mein Vater.

Was machen wir jetzt? Der Arzt muss kommen. Wir rufen an. Er kommt. Und geht dann wieder. Und nun? Irgendwo hat meine Mutter angerufen. Bestattungshaus. Es hat keiner abgenommen. Ostermontag wird nicht gestorben.

„Ich frag den Nachbarn, ob er mich dahinfährt, Mutti."

„Ja gut. Und bitte ihn, die Musik auszumachen."

„Guten Tag, mein Vater ist eben gestorben. Beim Bestattungshaus nimmt niemand ab, können Sie mich dahinfahren?" Ja, natürlich. Im Auto sagt der Nachbar einen Satz, den ich jetzt oft hören werde:

„Er war ein guter Mensch."

Gegen Abend kommen die Männer vom Bestattungshaus. Jetzt beginnt der für mich schwerste Moment. Sie kommen nicht mit einem Sarg, sondern mit einer Pritsche mit Lederriemen. Sie legen meinen Vater darauf und zurren ihn fest. Sie kommen nicht gut durch den Hauseingang, müssen ihn schief halten.

Wir haben Angst, dass er runterrutscht. Es ist so würdelos. So würdelos. Wir sind komplett geschockt. Es ist so würdelos. Erst jetzt sind der Schreck und der Schock da.

Seit Jahren schlafe ich neben meiner Mutter im Ehebett. Distanziert. Nun liegen wir da und sind verbunden im Schock. „Wir hätten ihn diese Nacht noch hierbehalten sollen, Mutti."

Vielleicht wäre es an einem Arbeitstag anders gewesen. Würdevoller. Angemessen. Warum haben wir ihn abholen lassen? Die eine Nacht hätten wir auch noch geschafft. Sein Bett ist noch gemacht. Nicht daran denken, wo er jetzt ist.

Das sind die einzigen Stunden, in denen ich meiner Mutter nah bin. Wir halten uns an der Hand und weinen uns in den Schlaf. Jede auf ihre Art.

Ahnen 2

Meine Großmutter war ein Hurenkind.

Wie gern ich diesen Satz schreibe. Ich weiß nicht warum, es steckt so viel Lebendiges darin. Leben, das hinauswill. Nein, wie ich auch suche, ich weiß nicht, was ich mag an diesem Satz. Es ist auch nicht das Wort Hurenkind. Das ist ja eher belastet und lässt gedanklich eine ganze Geschichte entstehen, die sich nicht gut anfühlt. Es ist der ganze Satz:

Meine Großmutter war ein Hurenkind.

Es ist eine Bewegung, eine Ahninnenbewegung, die darin liegt. Ein Strom von Lebenwollen, von Genen, von Lust, die sich durchsetzt. Bis zu einem Gefühl in mir.

Mich gibt es nur, weil meine Großmutter als Hurenkind gezeugt wurde. 1905 in Frankreich. In Agde. Ihre Mutter, meine Urgroßmutter, hieß Walburga. Mein Urgroßvater, der Mann, der zu Huren ging, war der Bürgermeister von Agde. So die Überlieferung.

Meine Großmutter bekam den Namen Odette. Oh, wie wäre sie jetzt glücklich, wenn sie wüsste, dass ich hier über sie schreibe. Meine Großmutter Odette, später für mich einfach Oma Oda, nannte ihre ersten beiden Töchter auch Odette. Eigenartig, oder? Leider habe ich nie gefragt, warum. Sicher, weil sie ihren Namen mochte. Und vielleicht, weil damals Kinder oft verstorben sind. Dann zur Sicherheit gleich zwei so nennen?

Die erste Odette, also meine Tante, wurde Dette gerufen. Die zweite Odette, meine Mutter, wurde Musch gerufen. Weil sie immer so rummuschte in Ecken. Irgendwann wurde Muschi daraus. Erst spät habe ich die Anzüglichkeit erkannt, die mancher darin sah.

Meine Großmutter Odette war ein Hurenkind. 1905 gezeugt in Agde, einer kleinen Stadt in Frankreich. Heute hat Agde 28.000 Einwohner und das größte Nudistencamp Frankreichs. Auch unsere Familie ist nur am FKK-Strand baden gegangen. Nackt sein am Meer in der Sonne ist für mich normal und das Schönste.

Meine Urgroßmutter Walburga war Deutsche, wie der germanische Name schon sagt. Sie wurde um 1880 in Süddeutschland geboren, war also zwanzig Jahre alt, als sie mit dem Versprechen, als Hausmädchen arbeiten zu können, nach Frankreich gelockt wurde. Es ist die alte Geschichte, dass in diesem Haus die Mädchen dann ganz anders arbeiteten.

Vor meiner Oma Oda hatte sie schon eine Tochter von einem anderen Mann bekommen. Ria. Meine

Oma konnte sich kaum an ihre Halbschwester Ria erinnern, hatte aber ein Foto von ihr.

1914, zu Beginn des Ersten Weltkrieges, ging Walburga mit ihren beiden Töchtern zurück nach Bayern. Im Flüchtlingstreck? Meine Oma war damals neun, also wird es so gewesen sein, wie sie es erzählt hat.

In München fand Walburga einen Ehemann. Einen Tabakwarenhändler. Ob ihr Leben nun solide wurde, weiß ich nicht.

Ich ahne aber, dass meine Oma ihre ersten neun Lebensjahre in Frankreich in einer speziellen Energie verbracht hat. Und wenn ich mich in die Zeit und das Milieu von 1905 bis 1914 in Frankreich versetze, vermute ich, dass die Unschuld eines Hurenkindes nicht viel wert war und meine Großmutter ihr Leben sehr Prägendes erlebt hat. Etwas, das sich in die Gene all ihrer Nachkommen eingegraben hat.

Noch finde ich keine Worte dafür.

Sinn 1

Und jetzt? Zuerst einmal, habe ich mich entschieden, glücklich zu sein. Auf ganz erstaunliche Art kann man das wirklich einfach entscheiden. Es ist ein Aspekt des Erwachsen-Seins.

Und dann habe ich mich gekümmert um mein Glück. Ich habe mir eine traumhaft schöne Wohnung gesucht, die mich täglich glücklich macht. Ich schaue alles, was um mich ist, mit der Frage an: Mag ich dich? Wenn nicht, dann trenne ich mich. Das gilt für Haushaltsgegenstände genauso wie für Bücher, Musik, Bekleidung. Auch für Menschen. So habe ich mir nach und nach ein Paradies erschaffen.

Und die Liebe? Die Liebe finde ich momentan in der Stadt der Liebe, Paris. Ist für mich eine wunderbare Abkürzung des Wortes Paradies. In ihrer Schönheit, in der Lebensart, in der Architektur. Eine Stadt, die von vielen auf der ganzen Welt geliebt wird, liebt zurück.

Ich kann es fühlen.

Buch 3

Gestern ist mir ein Buch von Nuala O'Faolain in die Hände gefallen: „Nur nicht unsichtbar werden".

Ja, deshalb schreibe ich.

Was ist mit all den ungesehenen Leben? Ein Kind ist ein Dienst am Leben selbst. Es geht weiter. Das ist der Sinn. Und jene wie ich, die keine Kinder haben, wie diene ich? Ein bisschen dalassen, eine Inspiration, eine sanfte Hingabe an das Leben, das sich lebt.

Das Buch war ein Geschenk an mich, und die Schenkerin hat mir folgende Zeilen in das Buch geschrieben:

„Für Evi zum 28.08.03

Eigentlich verschenke ich ja keine Bücher, die ich nicht gelesen habe, aber erstens denke ich, der Titel, das passt schon. Nicht unsichtbar werden, auch in den nächsten 40 Jahren. Und in den Anfang habe ich reingeguckt. Passt auch. ...

Ich war genauso ein Zufall wie die meisten Leute auf diesem Planeten. Man wird geboren, man stirbt. Es gab mich einfach, ohne jeden Grund. Und doch: Irgendwie brannte das Leben in mir. Mochte es sein, wie es war – es war das einzige Zeugnis von mir, das Einzige, was ich selbst gestaltete, und irgendetwas in mir weigerte sich, dies als bedeutungslos anzusehen ...'

Glück auf den Weg, Ursula"

Es rührt mich, so erkannt zu sein.

Tom 3

Gibt es einen ersten Schritt auf dem falschen Weg? Gewiss, im Nachhinein sicher. Kann aber auch sein, dass, wäre man den ersten Schritt des falschen Weges nicht gegangen, an der nächsten Ecke die nächste Abzweigung wartet. Wieder auf den falschen Weg. Weil es dann doch der richtige ist? Für diesen Moment im Leben?

Tom lernte ich beim Studium kennen. Es war ein Studium unter Männern, also hatte ich Männerfreunde. Tom, Bernd, Max. In Max war ich sehr verliebt, mit Tom habe ich geschlafen. Max sagte, mit mir könne er keine Beziehung eingehen. Ich sei zu zart, mich dürfe man nicht verletzen. Und das würde nun mal geschehen. Blöde Ausrede!

Tom dachte, ich sei Dozentin, als ich das erste Mal auftauchte. Ich sah so erwachsen aus. Naja, ich war irgendwie erwachsen. Er war sehr witzig, es hat Spaß gemacht, mit ihm zusammen zu sein. Aber er war auch ein bisschen ein Außenseiter, das mochte ich. Wenn ich Lust hatte steckte ich ihm freitags für seinen Weg nach Berlin, nach Hause, Zettel an sein Motorrad später sogar Proviant. Es hat mir Freude gemacht und ich mag Verwöhnen einfach gern. Später erzählte mir seine Mutter, er habe die Zettel zu Hause an seine Pinnwand geklebt. „Na, hat Fräulein Evchen dir wieder was Nettes geschrieben?" Tom hatte eine Freundin. Wir waren nur Freunde.

Im Sommer mussten wir zum Studentensommer nach Warschau. Auf eine Baustelle. Die Jungs haben meistens Gräben ausgehoben, die Mädels die Zimmer in den Häusern geputzt.

„Wo sind die Drahtbürsten?"

„Die haben wir gestern zum Feierabend hier liegengelassen." Geklaut ...

So war das. Zum Frühstück gab es Suppe mit Wurst und Brot. Wir Mädchen haben ein wenig gearbeitet und viel Karten mit den Bauarbeitern gespielt. Freitagmittags bekamen sie Lohn und dann waren sie weg. Ganz einfaches Leben.

Wir wohnten im Wohnheim. Zweierzimmer. Meine Mitbewohnerin und Toms Mitbewohner waren ein Liebespaar. Natürlich habe ich zugesagt, die Schlafgelegenheit zu tauschen und bei Tom zu übernachten, damit die beiden sich lieben konnten. Die ganze Nacht.

Abends dann der Zimmerwechsel, und kaum lag ich im Bett, jammerte Tom:

„Mit einem hübschen Mädchen allein im Zimmer und kein Sex. Das geht doch nicht."

Immer wieder sagte er das. Wie ein kleines Kind, das etwas haben will. Da gibt man auch irgendwann nach.

Am nächsten Morgen beim Frühstück sagte ein Kommilitone zu mir: „Eva, du siehst aus wie ein frisch geficktes Eichhörnchen." Was für ein Satz nach meiner Entjungferung.

War das der erste Schritt auf einem falschen Weg? Und wie lautete der Weg?

„Ich schlafe mit Männern, auch wenn diese gleichzeitig Beziehungen zu anderen Frauen haben."

So zog es sich durch mein Leben.

Sinn 2

Alles, was ich hier schreibe, handelt von Liebe. Das wird mir mit jeder Episode bewusster. Nicht die Liebe, wie ich sie dachte. Sondern die Liebe, wie sie ist. Eher als unsichtbarer Klebstoff, der mich in Geschehnisse meines Lebens zog. Einfach so. Was sonst sollte es sein? Es ist dieses Dazwischen, oder? Es ist dieses Dazwischen, das mich handeln lässt, aufwachen und leben. Wie könnte ich auch nur irgendetwas in meinem Leben bereuen.

Einzig die Erwartung lässt mich bereuen. Ich dachte, mit Liebe wird alles gut. Wenn ich nur genug liebe. Dann habe ich etwas getan und es ist nicht so geworden, wie ich es dachte und wollte. Könnte sein, dass man das Leben nennt.

Mein Klebstoff entstammt einem Irrtum. Lange Zeit habe ich geglaubt, keiner liebt mich. Und alles, was ich gemacht habe in meinem Leben und von dem ich hier erzähle, kommt aus der Frage: „Warum liebt mich keiner?" Übrigens eine Frage, die sich meine Mutter auch stellt. Bis heute.

In meinem Fall habe ich die Liebe, die da war, nur nicht gesehen, da dieser Klebstoff anders war, als ich es mir vorgestellt hatte. Erneut kommt mir mein

Taufspruch in den Sinn: „Ich habe dich je und je geliebt, darum habe ich dich zu mir gezogen aus lauter Güte."

Das ist also meine Heldinnenreise. Von einer, die auszog, die Liebe zu finden! Und rückkehrte und sie in sich fand. In mir und um mich herum.

Liebe macht nur den Liebenden glücklich. Und welch ein Wunder, wenn sich zwei Liebende begegnen. Zwei, die sich selbst glücklich machen – und hier kommt das große Geheimnis: die wissen, was sie glücklich macht. Damit beginnt alles. Finde heraus, was dich glücklich macht, und gib es dir selbst. Es sollte ein Schulfach werden.

Trotzdem wollte ich natürlich von anderen geliebt werden. Unbedingt. Dringend. Darum geht es doch, oder? Das wollen doch alle! Liebe mich, so wie ich bin. Bestätige mich, los, mach schon. Und bleib hier, gib mir mehr davon, sonst falle ich zusammen wie ein Luftballon, dem die Luft ausgeht. Das ist das tägliche, irre Liebesspiel.

Und was passiert da? Ich begegne einem Menschen, der mich liebt. Es setzt ungeahnte Energie in mir frei. Ich jubiliere! Ich bin schön, ich bin liebenswert, ich bin gut, so wie ich bin. Er liebt mich, also muss das so sein. Endlich, er liebt mich und das macht mich leicht und glücklich. Mehr davon, komm, mehr davon.

Ich vermute, dass wir in der Zeit, in der wir diese Liebe spüren, von einem Menschen, den wir mögen – wenn wir ihn nicht mögen, klappt das übrigens nicht so gut –, in unserer Kernenergie sind.

Die ganze Liebe sagt: Ich bin richtig, so wie ich bin. Ich bin willkommen!

Und das wiederum spüre ich inwendig in mir. Ich kann es annehmen von diesem Menschen und nehme es nach innen und spüre das. Und daraus, aus diesem „Ich bin richtig und gewollt", entstehen Lebensenergie und Lebensfreude.

Auch wenn es sich als Lüge herausstellt, dass der andere mich liebt. Das ist das Wunder. Die Illusion hat gereicht, um mich glücklich zu machen.

Also ist die Gabe dazu in mir.

Vater 2

Mein Vater war Taxifahrer. Eigentlich Elektriker, aber nach dem Krieg, als die Russen kamen, brauchten die einen Fahrer. Sie gaben ihm ein Auto, und dann fuhr er eben.

Das blieb dann auch, dieses Autofahren. Ich vermute, es tat ihm gut. Umherfahren, auch oft allein. Immer mit der Zigarette, Zigarre oder Pfeife im Mund. Ohne sie sah ich meinen Vater selten. Auch der Kehlkopfkrebs hat daran nichts geändert.

So war mein Vater, eigene Art, eigenes Denken. Frei sein! Niemandes Knecht sein, ein Spruch seines Großvaters, der Knecht war. „Das ist wichtig, min Jung, niemandes Knecht sein."

Später war mein Vater dann selbständiger Taxifahrer. Etwas, das es in der DDR selten gab. Kein Wunder, dass wir Geschwister alle selbständig tätig sind. Niemandes Knecht sein. Das wirkt bis heute.

Das Taxi war ein Moskwitsch. Gut in Schuss. „Millimeter-Gutt" nannten ihn die Männer in der Werkstatt. Alles musste seine Art haben.

„Wenn ich im Westen lebte, würde ich einen BMW fahren und mich selber siezen."

Bei meinem zweiten Job im Westen, noch festange-
stellt, durfte ich mir einen Firmenwagen leasen.

„Für die Summe können Sie auch einen BMW
nehmen."

„Wie bitte?"

Geheult habe ich, als ich das Auto abholte. Vati, da ist
er. Komm, lass uns losfahren …

Mann 2

Wie werden wir uns begegnen. Wann? In den ersten Minuten der Begegnung liegt so viel. Vielleicht sollte ich sagen: in den ersten Minuten des Erkennens. Denn es mag sein, ich kenne dich schon.

Nur das Dazwischen war noch nicht da. Das Begehren, das Mehrdavon! Mehr von deinem Anblick, mehr Geruch, mehr Berührung. Du bist mein Mehr! Mehr als nur ich, mehr als Ich und Du. Und ich werde dein Mehr sein.

Werde ich ein Buch schreiben über unsere Begegnung, unser Sein miteinander? Würde es dir gefallen, von mir so vereinnahmt zu werden? Wer bist du? Wie bist du?

Ich bin viel, ich bin ein großes Viel. Wenig zu zügeln, wenn das Begehren kommt. Das musst du aushalten können.

Das wird dich fordern. Ein bisschen Eva geht nicht.

Buch 4

Im Moment schlendere ich eher durch dieses Buch. Nachdem all das Schreiben über das Werden und das Sterben so intensiv war wie ein großes, schweres, langes Essen in einem halbdunklen Restaurant bei Kerzenschein, schlendere ich nun durch die Bistros. Hier ein Espresso, da ein Glas Wein.

Gedanken und Worte mäandern lassen. Es ist ein Schlendern, ohne Anspruch. Geschehen lassen. Ich warte darauf, dass aus dem Schlendern ein Flanieren wird. Flanieren heißt sich zeigen. Flanieren ist, in Kontakt zu gehen. In den Austausch mit den Männern, die nach meinem Vater in mein Leben kamen. Noch schlendere ich um sie herum. Es ist ja vorbei und doch gewesen. Oh ja, sehr gewesen.

Zeigen wir uns mit unserem Tanz um Hingabe, Begehren, Liebe, Verantwortung, Lüge und Scham.

Tom 4

Das hatte ich nicht gewollt. Diese Sehnsucht meines Körpers nach mehr Sex. Als wenn sich eine Tür geöffnet hätte, ach nein, ein ganzes Tor. Mehr davon! Waren das die Gene der lustvollen Großmutter?

So war das nicht geplant. Tom hatte eine Freundin. Wir hatten einfach nur nette Nächte im Studentensommer miteinander. Schon jetzt begann ich, dieses Miteinander am Tag zu vermissen.

In einer Nacht rüttelte Max, das war der, in den ich verknallt war, an meinem Bett, im Glauben, Toms Zimmergenosse läge darin.

„He, Olli, hast du noch Bier? ... Oh, Eva, was machst du denn hier?"

Und Tom guckte ganz trophäenstolz aus seinem Bett.

Anfang August waren wir im Studentensommer, Ende August war mein einundzwanzigster Geburtstag. Ich hatte viele Freunde eingeladen.

„Kommst du auch, Tom?" „Kann ich meine Freundin mitbringen?"

Ach, junges Eva-Ich, was war nur los?

„Ja, klar, bring sie mit."

War ich emotionalen Schmerz einfach gewohnt?

Es kam dann alles sehr unverhofft. Tom brachte seine Freundin mit und Max, der auch eingeladen war, hat sie ihm ausgespannt. Die beiden haben geheiratet und sich wieder scheiden lassen.

So fügt sich Leben.

Leben 5

Ich wollte immer Sex. Es ist für mich wie essen und trinken, das liebe ich auch. Essen ist heute mehr geworden, dafür Sex weniger. Damals war es andersherum.

Wie hat Tom gesagt, als er mir die Briefe brachte? „Und dann wurde fröhlich drauflosgevögelt."
Mein Gott, hat mir das gut getan.

In der Jugend ist sie einfach da, diese permanente Lust. Die herrlichen Körper dazu, so gelenkig, zart und knackig zugleich.

Männer, die parallel Frauen haben, können gut verführen. Es ist eine Gewohnheit für sie. Und jede glaubt natürlich, sie sei die Einzige. Ich fand das schön, mit Freunden am Tisch zu sitzen und zu fühlen, wie seine Hand unter meinen Rock glitt, während ich sprach. Und ich hatte natürlich Strapse an, denn das Spiel spielen doch beide. Diese Erotik fehlt mir heute und auch der Welt, in der ich gerade lebe. Das Mannsein und das Frausein.

Offiziell waren wir kein Paar, eben nur im Bett. Vollkommen unverbindlich.

Christoph 1

Mit Mitte dreißig habe ich mich häufig im Internet auf Datingseiten rumgetrieben. Denn erstmals in meinem Leben merkte ich, dass manche Dinge nicht zeitlos lange möglich sind. Ein Kind kriegen zum Beispiel.

Und was Christoph schrieb, mochte ich:

„Jede Liebesgeschichte beginnt mit einem Urknall – wie sonst könnte eine neue Wirklichkeit entstehen. Ob eine Liebesgeschichte glücklich oder unglücklich verläuft, ist eine Frage des Timings. Oft erwischt man den richtigen Zeitpunkt mit dem falschen Menschen. Oder den richtigen Menschen zum falschen Zeitpunkt. Richtig-richtig geschieht selten. Richtig-richtig sagt man, mache glücklich. Aber auch Glück ist eine Frage der Zeit. Wann also ist eine Liebesgeschichte glücklich?"

Ich schrieb ihm: „Wenn das in deinem Kopf ist, dann will ich da auch hinein."

Heute weiß ich, dass die ganze Richtig-richtig-Passage aus dem Buch „Kurakin" von Hanna Molden geklaut war. Es war die erste Lüge von vielen. Nur wusste ich das damals noch nicht.

Aber genießen wir doch erst einmal den unwissenden Anfang.

Sinn 3

Nun, wo ich beginne, über Christoph zu schreiben, wird es kompliziert in mir. Ich winde mich, würde mich gern verurteilen für meine Naivität. Für das Nachlaufen all die Jahre.

Früher hatte ich kein Wort dafür. Heute nenne ich es „hurig". Ich war hurig.

Es kann nicht sein, dass ich mich für zehn Jahre meines Lebens schäme. Es war und ist doch mein Leben, und es hat sich immer richtig angefühlt. Nur noch ein bisschen mehr Verständnis, ein bisschen mehr Liebe, ein bisschen mehr Geduld.

Eines Nachts drängte sich Christoph an mich und flüsterte: „Rette mich, Evi."

Das war mein Stichwort auf dieser Beziehungsbühne. Einen Mann retten, das konnte ich.

Scham

Nun hat mich doch die Scham ergriffen.

„Darüber brauchst du nicht schreiben, Evi. Sechsundfünfzig Jahre und immer allein gelebt. Das ist doch peinlich. Mit dir stimmt doch was nicht. Schreib einfach flockig darüber hinweg. Wenn du nun auch noch schreibst, dass du zehn Jahre lang einem Mann nachgelaufen bist, der dich gar nicht wollte, dann halten dich doch alle für verrückt. Da kannst du tausendmal schreiben, dass man Liebe nicht steuern kann, dass du dieses Sehnen nicht gewählt hast. Sei mal realistisch, du hättest einfach nur vernünftig sein sollen. Was ist nur mit dir los? Das ist doch peinlich."

Der innere Dialog läuft.

Dann bin ich bei meiner wunderbaren Kinesiologin Bettina[7]. „Was ist nur los mit mir?"

Wir testen blind homöopathische Mittel. Raubwels verteidigt meine Muskulatur. Unbedingte Kraft! Wie treffsicher dieser Test ist verblüfft mich immer wieder. Bettina erklärt mir das Thema, liest mir das homöopathische Porträt von Raubwels vor. Scham!

Ich winde mich, verteidige mich, entdecke kein Konzept in mir. Bekomme Nierenschmerzen und leide mich durch die folgende Nacht und den Tag durch.

Ich schreibe das Scheißbuch nicht!

Ich nehme das Mittel. Nützt ja nichts. Abhauen in der dritten Lebenshälfte ist nicht. Leben will ich in diesen Jahren. Endlich leben. Das willst du doch, dich von dem alten Mist lösen und endlich leben.

Und wofür schäme ich mich? Dass ich einen Mann geliebt habe, der mich belogen hat? Dass ich naiv war? Dass ich mich nur in den Momenten glücklich gefühlt habe, wenn ich bei ihm war?

Ich hatte die schönste und die schlimmste Zeit mit ihm. War er weg, war es grausam. War er da, ja, dann war einfach alles ruhig in mir. Ein tiefes Gefühl von: So bin ich gemeint, so soll ich sein.

Wir hatten uns in einem Restaurant verabredet:
„Guten Tag, ich bin hier mit einem Herrn verabredet."
„Schauen Sie, da hinten im Wintergarten, der Herr?"
Ein Blick, ein Glücksgefühl.
„Ja, den nehme ich!"

Was machte das Leben da mit mir? Tauchte mich in eine Illusion der Geborgenheit. Einem Menschen nachlaufen, sich verzehren ist auch ein altes Spiel der Menschheit.

Und war schon viele Romane wert.

Leben 6

Ich muss es mal kurz schreiben: Ich liebe mein Leben! Manchmal wache ich morgens auf und bin grundlos unendlich glücklich. Grönemeyer nennt es in einem Lied „Sekundenglück".

Vom Glück zu leben! Vom Glück zu sehen! Zu fühlen, zu schmecken, zu riechen. Vom Glück, eine Wahl zu haben!

Wenn ich aufwache, blicke ich auf erotische Schwarz-Weiß-Bilder von Frauen der Zwanzigerjahre. Ich liebe die Zwanzigerjahre, die Kleidung dieser Zeit, die Männer als Männer zeigte und Frauen als Frauen. Sichtbare Weiblichkeit und Männlichkeit. Das mag ich, also umgebe ich mich damit. Ich liege in einem Bett, das ich liebe, in Bettwäsche, die ich liebe, ich trage Nachtwäsche, die ich unglaublich liebe. Eine kleine Oase der Sinnlichkeit nur mit mir. Ich wohne in einem alten, behutsam sanierten Haus in einer traumhaften Gegend. Ich höre ein Vogelkonzert, wenn ich aufwache, und ich weiß um die Schönheit da draußen.

Ich genieße jeden Morgen meinen frischen Espresso aus einer goldenen Tasse meiner Lieblingstöpferin. Eine mit Liebe gemachte Tasse, die sich in meine Hand schmiegt. Ich trinke einen Espresso, der eine spezielle

Mischung meiner Gastronomie-Freundin ist. Mit Liebe kreiert, geröstet in der Berliner Kaffeerösterei und abgepackt in eine Verpackung, deren Haptik und Aussehen ich liebe.

All die Dinge, sagen Sie jetzt vielleicht, was ist das schon? Was das ist? Nun, der Schamane sagt, das sind Kraftobjekte. Dinge, die mir Kraft geben, die mich mit dem verbinden, was ich bin. Ich könnte auch schreiben: Resonanzobjekte. Ich liebe diese Dinge, und irgendwie lieben sie zurück. Ich mag es auch, die Geschichte hinter allem zu kennen. Auch hier wieder: Alles kommt durch Menschen zu mir.

Es ist noch nicht so lange her, dass ich begonnen habe, mein Leben bewusst und konsequent schön zu machen. Vorher habe ich es eher gesucht, das schöne Leben. Bin vierzehnmal umgezogen, aber nie angekommen. Bis zur wirklichen Erkenntnis, eigentlich einem schlichten Kalenderspruch:

Wer es schön haben will, muss es sich schön machen!

Und zwar komplett! Der Unerfülltheit, die so gern in uns lebt und hofft, die Erfüllung käme als Geschenk von außen, die Stirn bieten. Kein bisschen übriglassen. Randvoll schön und zufrieden.

In der Kabbala nennt man dies „Sein Gefäß füllen".
Du musst dich erst selber füllen mit Glück, Freude,
Zufriedenheit, Liebe, Schönheit und was du sonst so
magst. Und dann, es geht nicht anders, läuft dein Gefäß über. Und du beginnst, immer noch randvoll voll
Glück, dieses zu teilen. Mit Menschen, die mit dir in
Resonanz gehen. Einfach so. Dann wird Sekundenglück zu Minutenglück, zu Stundenglück und plötzlich
zu einem schönen Leben.

Mehr, als achtsam zu wählen in jeder Sekunde, ist
es nicht. Denn diese Sekunde ist das Jetzt, und das ist
auch schon alles. Also, schau dich um, liebst du, was
du siehst?

Und ja, Ich stimme zu.

Das Schönste ist es, morgens aufzuwachen und in
Augen zu schauen die du liebst.

Christoph 2

Er antworte rasch und es kam so wie erhofft. Es entspann sich in diesem Dating-Forum und später per E-Mail und Telefon ein intensiver Austausch. Er war so klug! Mit Intelligenz kann man mich rasch erobern. Sag was Schlaues und du hast mich.

Drei Monate standen wir so in Kontakt. Christoph war auch in einem reisenden und beratenden Beruf, also genau wie ich immer unterwegs. Abends in Hotels, Zeit zum Telefonieren.

Ich verliebte mich einfach so. Auch mein Körper verliebte sich. Sexualität entsteht im Gehirn, ich kann es bezeugen.

Manchmal hatte ich leise Zweifel bei all den Geschichten, die er von sich erzählte. Und auch, dass wir uns so schnell so nah kamen mit Worten. Sogar in den wortlosen Phasen dazwischen. Das geht doch nicht.

„Ach, Evi, du bist wie Asterix. Er ist in einen Topf mit Kraftsuppe gefallen, und du bist wohl irgendwann mal in eine Suppe voller Zweifel gefallen", schrieb Christoph.

Ja, möglich. Aber ich hatte auch immer noch kein Foto von ihm.

Damals war die Kommunikation per E-Mail ja noch ganz frisch und Fotos sandte man per Post. Und das seine kam einfach nicht an.

Aber ein Mann, der so viel erlebt hatte, fünf Sprachen sprach und in Venedig gelebt hatte, musste doch schön sein! Die Stimme, ja, die war schön. Und mir so nah. Seinen Anrufbeantworter hatte er deutsch und italienisch besprochen. Und da ich ihn oftmals telefonisch nicht erreichte, kam ich häufig in den Genuss dieser italienischen Worte. Zaubersprache für meine Libido. Und überhaupt, Italien liebte ich damals sehr.

Dann die Entscheidung.

Ich fahre zu ihm an den Chiemsee. Gleich für vier Tage und drei Nächte. Warum zweifeln, wir sind gemacht füreinander.

Die ganze Mutter-Vater-Kind-Welt träumte sich in mich hinein. Und in Bayern mit seinem „Grüß Gott" könnte ich schon leben.

In diesen drei Monaten, mit meinem siebenunddreißigsten Geburtstag dazwischen, an dem ich ein großes Fest feierte, das ich mir heute auf einem Video ansehen kann, war ich unendlich glücklich. Nichts von dem, was ich träumte, war Realität, aber ich war vollkommen glücklich.

Ich sehe es heute noch.

Das ist die Macht der Hormone, wie ich nun weiß.

Eine große Macht. Der gute Zukunftstraum setzt Dopamin frei. Statt der Angst vor dem nächsten Schritt die Macht zu geben und somit auch dem Adrenalin, kann man den jetzigen Moment als ersten Schritt einer Zukunft betrachten, die glücklich ist.

Ich schwamm in meiner neuen Dopamin-Suppe!

Christoph 3

Es war Anfang September, als ich von Köln an den Chiemsee fuhr. Ich hatte tagelang geeignete Unterwäsche probiert, mich also in reizende Tage geträumt. Wenn es ohne ihn schon so erotisch war, wie musste es dann erst mit ihm sein?

Ich wollte etwas Schönes – außer mir – mitnehmen, also kaufte ich viele bunte Gerbera. Ein Riesenstrauß, der nun neben mir im Auto lag. Ich genoss die Fahrt und die Vorfreude unendlich. Christoph rief zwischendurch immer wieder an. „Wo bist du, wo bist du?"

Er hatte so eine Art, die Schönheit zu sehen und zu teilen. „Wenn du da entlangfährst, dann musst du links schauen, da ist ein traumhafter See. Und an der Stelle schau rechts, das Bergpanorama, verpass das nicht, das ist großartig."

Ja, Liebling, das mache ich.

Nach dem Parken bin ich hochgelaufen, hab geklingelt und ein Mann hat die Tür geöffnet, den ich überhaupt nicht attraktiv fand. Nicht im Geringsten.

Ich war unendlich erschrocken.

Er hat mich gepackt, reingezogen und geküsst, und ich dachte nur: „Davon will ich mehr!"

Gleichzeitig war ich immer noch zutiefst erschrocken, da das Bild, das ich mir von diesem Mann gemacht hatte, so gar nicht mit der Realität übereinstimmte.

Wir gingen in seine Wohnung. Verwirrt gab ich ihm meinen Autoschlüssel und sagte: „Park mal mein Auto um, ich steh im Parkverbot", und überlegte derweil: Bleibe ich oder fahre ich ab?

Und dann?

Er hat gekocht, das Albinoni-Adagio aufgelegt, es gab italienischen Prosecco, die Stimmung war wirklich sehr angenehm. Ich fühlte mich wohl in seiner Wohnung, in der nun mein Blumenstrauß stand.

Ja, wir haben wunderbar gegessen und dann – ich war verknallt und wollte Sex –, und dann hatten wir halt Sex.

Direkt ansehen konnte ich ihn die ganze Zeit nicht. Alles, was ich wollte, waren die Stimme und die Berührung. An seinen Anblick musste ich mich erst noch gewöhnen.

Vater 3

„Warum ist sie denn so traurig heute?"

„Weil sie keinen Freund hat, Gerhard."

„Komm mit, wir fahren essen".

Mein Vater ist oft mit mir essen gefahren. Ich mochte das. Vorher waren wir einkaufen. Es war ein guter Tag. Kein Alkohol in Sicht.

„Gefällt dir das Kleid?"

„Ja, sehr, ich weiß nur nicht, welche Farbe."

„Lass doch, wir nehmen beide. Und noch was Hübsches. Was magst du?"

„Das da."

„Gut, das nehmen wir dann dreimal."

So war es mit ihm. Alles oder nichts. Dann ist er mit mir in seine Stammkneipe gefahren und hat seine hübsch gemachte Tochter unter die Suffkes gesetzt. Dachte er, da verliebt sich jemand in mich?

Mein Vater, eher unkompliziert in den Lösungen.

„Warum weint sie?"

„Sie hat eine Fünf in Sport bekommen, in der Bodenkür. Da muss man so Übungen am Boden vorführen."

„Soll sie doch einen Kobolz machen."

Ahnen 3

Meine Großmutter Odette wohnte nun mit ihrem neuen Vater und ihrer Mutter Walburga irgendwo in Bayern.

Sie wurde Friseurin und kam auf die Idee, die Wasserwelle von Schweden nach Deutschland zu holen.

Wieso von Schweden? Leider habe ich sie nie gefragt. Ich vermute mal wegen Greta Garbo, der berühmten Schauspielerin der Zwanzigerjahre?

Oder eben auch nur, um auszuziehen, ihr Glück zu finden.

Unterwegs bekam sie Kinder, die sie bei deren Vätern ließ. In Bayern zuerst Tante Dette, also die erste Odette. Zwei Jahre später einen Buben irgendwo, über den weiß ich gar nichts. Und dann in Binz auf Rügen meine Mutter. Erst ließ sie meine Mutter bei deren Vater und seiner Familie, später holte sie ihre Tochter zu sich. Denn bis Schweden kam sie nicht. Sie fand eine Heimat in Greifswald.

Meine Großmutter Odette war eine ungewöhnliche Frau. Soviel Attitüde! So voller Lebenswille und absolut lebensbejahend. Und geschickt in Sachen Schönheit. So nähte sie nach Kinobesuchen die Kleider der Stars einfach nach. Für sich und meine Mutter die gleichen, einmal also in groß und einmal in klein. Ich habe viele Fotos, die das zeigen. Einmal sogar, wie meine Mutter mir erzählte, aus breiten Schleifenbändern, die sie einfach aneinandernähte.

Ich besitze auch ein Foto, mit dem sich meine Oma bei einem Schwarzkopf-Shampoo-Wettbewerb bewarb. Ich habe bei Schwarzkopf nachgefragt, leider gibt es keine Unterlagen dazu in ihrem Archiv. Ich finde sie auf dem Foto wunderschön, es ist typisch wie in den Zwanzigerjahren inszeniert. Sagte ich schon, dass ich diese Zeit liebe? Es war eine schöne Zeit für meine Mutter bei und mit ihrer Mutter.

Diese suchte aber immer noch ihr Liebesglück und fand es dann auch mit Johann in Greifswald. Sie heiratete und sagte zu meiner Mutter: „Jetzt bist du nichts mehr wert, jetzt kommen eheliche Kinder."

Knacks!

Meine Oma hat glücklich mit Johann gelebt und viele Kinder bekommen. Einen ihrer Söhne haben sie übrigens auch Johann genannt. Die Söhne wurden alle Seemänner. Ich erinnere mich an viele wilde Familienfeste.

Einen Tag vor ihrem Tod, sie war dreiundachtzig, habe ich meine Oma besucht.

„Oma, ich putz mal deine Küche."

„Danke, Kind, aber weißt du, wenn ich meinen Dreck schon nicht mehr sehe, dann ist es auch irgendwie genug. Du magst doch die Tasse da so gern, nimm die mal mit."

Am nächsten Tag, ich war wieder beim Studium, rief meine Mutter an. „Oma ist gestorben. Sie hat sich, als du weg warst, Lockenwickler in die Haare gemacht und dann mit einem Fußbad vor den Fernseher gesetzt. Und ist eingeschlafen."
Nachdem ihr die Wickler entfernt wurden, sah sie einfach schön aus. Es hätte sie als Friseurin gefreut und es passte zu meiner Oma, so zu sterben.

Sterben 6

Wir haben meinen Vater im April beerdigt. Bloß keine sozialistische Grabrede!

Wir gingen zum Pfarrer.

„Herr Pfarrer, wir waren zwar keine Kirchgänger, aber könnten Sie die Grabrede halten?"

„Ach, Frau Gutt, aber natürlich. Ihr Mann war ein guter Mensch."

In seiner Rede sagte er etwas, das mich tröstete.

„Wir sollten nicht traurig sein, wenn wir einen Menschen verlieren, sondern dankbar sein für die Zeit, die wir miteinander hatten."

Wir brauchten Blumen. Im Sozialismus hieß dies Nelken, viel mehr gab es nicht in den Geschäften. Ich lief zu einer Nachbarin, die Osterglocken liebte und lange Reihen davon hatte.

„Kann ich Ihnen Osterglocken für die Beerdigung abkaufen?"

„Nein, Evi. Dein Vater war ein guter Mensch. Nimm dir einfach so viele, wie du willst."

Heute berührt es mich, wenn ich daran denke. Damals habe ich einfach nur funktioniert.

Brief 1

10. Oktober 1984, Zivilverteidigungslager

Mein lieber Tom,
es tut mir leid, ich muss es schreiben, es ist so besch...
hier. So wie Du manchmal zu Hause Scheiße sagst
beim Aufwachen, so sage ich es hier. Das ist einfach
schlimm, so schön zu schlafen und dann aufzuwachen
und zu wissen, ich bin noch dreißig Tage im ZV-Lager.
Aber ich glaube, ich bin nur so sauer, weil ich mich
über mich selbst ärgere. Da mache ich hier etwas gegen meinen Willen. Ich muss doch blöd sein. Warum
bin ich bloß so ein Duckmäuser und traue mich nicht,
die Wahrheit zu sagen. Ach, lass, ich wollte ja nicht
schimpfen. Schlimm ist bloß, dass ich mich nicht be-
herrschen kann und hier im Zimmer sofort losdüse,
was das alles soll usw. Und natürlich habe ich hier
meine Gegenpartnerin gefunden, die total sozialis-
tisch überzeugt ist. Nun, ich werde wohl lieber alles in
mich hineinfressen. Gott sei Dank kommt Carla morgen, der kann ich wenigstens alles sagen.

So mein Süßer, jetzt ist der erste Wutbauch weg,
jetzt berichte ich erstmal. Unsere Gruppe ist natürlich
nicht Ordonnanz, sondern macht volle Ausbildung.

Durfte aber zwei Tage früher anreisen, um ZBV zu sein – zur besonderen Verfügung. So ein Mist! Wir wohnen in Zwölf-Betten-Bungalows, allerdings nur mit zehn Mädchen. Wir vier sind in einer Gruppe. Die Uniformen sehen ja echt toll aus, wir haben eine grüne und eine blaue + Käppi + Schnuffi, Helm, Hosenträger, Wattejacke etc.

(Moment, meine Bauchschmerzen mischen sich ein. Ich muss Dir ganz schnell sagen, dass ich Dich mächtig gernhabe und schon jetzt vermisse. Aber ich darf da gar nicht dran denken, sonst werde ich traurig.)

Noch haben wir keine Ausbildung, sondern mussten heute Schreibarbeiten beim Oberst machen. Aber dieses geschlossene Zum-Essen-Marschieren. Und so was magst Du? Eigentlich kann ich das nicht verstehen. Diese ganzen Verpflichtungen hier. Von wegen persönliche Stellungnahme, ob ich das Lager mit Eins oder Zwei abschließen will. Na, das können die voll vergessen!

Und Kulturprogramm, Versammlungen, Wandzeitung etc. Ich glaube, außer Panzerfahren fandest Du bei der Armee doch auch nichts gut, oder?

Mich soll hier bloß keiner nach meiner persönlichen Meinung fragen.

Heute Nacht habe ich Wache. Ich darf also von Mitternacht bis zwei Uhr durch das Lager laufen. Wozu? Ira hat wieder mal den absoluten Job. Sie ist in der Bekleidungskammer und macht somit keine Ausbildung mit. Und wie geht es Dir, mein Hasi? Machst Du etwas, was Dir Spaß macht? Gerade sagt der Zugchef, dass es noch vier Wochen und ein Tag sind. Worauf Marion sagt, das sind vier Wochen und ein Tag zu viel. Aber das stört die hier nicht. Wir werden also am Freitag, den 9., hier früh abfahren. Und ob Du es willst oder nicht, am Montag früh zum Frühstück stehe ich dann an Deinem Bett.

So, Moment, jetzt ist Vergatterung zur Wache.

Da bin ich wieder. Kannst Du Dir Dein Evchen vorstellen? Mit grüner Uniform, Wattejacke, Schnuffitasche, am Koppel die Regenjacke und den Helm. So düse ich heute Nacht mit Gummiknüppel durchs Lager. Kannst ja mal rumkommen zu mir. Oh, mein Geschreibsel sieht ja wieder schlimm aus, aber ich bin zu müde. Schade, dass ich mir kein Zentimetermaß zum Abschneiden mitgenommen habe.

Noch ist aber alles ziemlich locker. Ich grüße auch noch eifrig mit der falschen Hand und keiner sagt was. Aber ab Freitag wird es wohl alles ganz anders!

Hoffentlich erreicht Dich der Brief auch. Und falls Du mir mal schreibst (bitte!), vergiss nicht die 1 bei der Adresse.

Ich glaube, Deine Briefe werden mich hier mächtig aufbauen. Tom, ich weiß nicht, ob ich das schreiben darf, aber ich sehne mich nach Dir und Deinen Zärtlichkeiten. Du bist in der letzten Zeit so lieb zu mir gewesen, dass ich manchmal denke, dass ich so glücklich gar nicht sein kann. Ich weiß, Liebe ist ein hochtrabendes Wort, aber ich mag Dich wirklich sehr gern! Ich rieche Dich gern, ich küsse Dich gern, ich streichle Dich gern und ich beiße Dich gern. Und ich denke nicht gern daran, dass ich nur eines von diesen vielen Mädchen bin, die um Dich sind und Dir z. B. Bücher mit Widmung schenken. Ich glaube, ich werde Dir nur vergängliche Sachen schenken. Knutschflecken und so was.

So, mein Süßer, nun gehe ich ins Bett. Und ich werde träumen von Deinen Zärtlichkeiten. Es gibt da ganz viele, von denen es sich zu träumen lohnt.

Küsschen, Evi

Brief 2

22. Oktober 1984, Zivilverteidigungslager

Mein Süßer!
Eigentlich wollte ich ja einen tollen Schüttelreim über den Brief schreiben, aber es ist so weit: Mir fällt nichts mehr ein! Vollkommene geistige Funkstille. Ohne Befehl läuft nichts!

Also, diese Exerzierübungen sind ja der Witz! Bei „Stillgestanden" Brust raus und freier offener Blick. Na, Himmel, alles lacht gleich los, als ich anfrage, was ich denn da rausstrecken soll. Ach, wirklich, man kann es auch übertreiben. Ansonsten hat meine Laune fallende Tendenz. Es ist einfach zu eintönig. Gestern habe ich über eine Stunde nur Stories erzählt, alles hat gelacht und ich hätte am liebsten geheult, weil man hier die Zeit so sinnlos vertut.

Na, was soll's. Ich habe ein Päckchen von meiner Mutti bekommen. Ich bin also jetzt im Besitz von eigenem Schuhputzzeug, und ich habe Äpfel, Äpfel, Äpfel. Ich bin selbst schon ganz knackig und rosig wie ein Apfel. Abends war ich noch zur Pop-Gymnastik. Aber so richtig austoben war nicht drin, es ging nur eine halbe Stunde.

Ich hoffe, mein Liebling, dass Du nicht auch diesen Launenabfall hast. Ach, nein, bei Dir ist ja LmaA-Taktik angesagt. Ist wohl auch das Beste für die restlichen achtzehn Tage.

Heute Nacht habe ich geträumt, dass ich mit Dir in ganz heißer Sonne in Lubmin am FKK-Strand liege. Und die Ostsee hat ganz doll gerauscht und wir waren allein und ich habe Dich überall geküsst. Phantastisch, ja? Leider hat mich dann der Frühsport wieder auf ganz andere Gedanken gebracht.

Dir muss das frühe Aufstehen ja mächtig schwerfallen, wo Du doch so gern schläfst. Sogar ich brauche hier eine ganze Weile, ehe ich aufstehe. Dieses Gemeinschaftliche stinkt mich so langsam an. Zusammen aufstehen, waschen, frühstücken und, und, und. Ich habe am Wochenende einfach keinen Fleck gefunden, wo ich richtig allein war. Mein Gott, man muss doch mal 'ne Runde nur so liegen und popeln oder sowas. Aber ständig ist hier jemand. Okay, ich werde versuchen, mich zusammenzureißen. Ist ja auch bald Halbzeit. Vielleicht bekomme ich den nächsten Brief optimistischer hin.

Ich grüße und küsse Dich ganz, ganz doll,
Dein pessimistisches Evchen.

Ps. Alle Genossinnen waren bei der Minenausbildung, außer Kristine, die saß auf der Mine ...

War nichts, hm?

Brief 3

ohne Datum (Zivilverteidigungslager)

Habe grad Deinen Brief bekommen. Ganz komisch, wenn ich jetzt lese, dass ich mal einen pessimistischen Brief geschrieben habe. Jetzt geht's mir nämlich ganz gut. Gestern Abend habe ich mir mit Carla einen Flotten gemacht. Wir haben beide einen Kleinen gezwitschert, Karten gespielt und mächtig gelacht. Na, und dass es mir dabei gut geht, hast Du ja schon manchmal erlebt. Wahllos habe ich mir dann im Bett noch einen Brief von Dir aus dem Stapel gezogen, ihn gelesen, mich gefreut und plumps, da war ich auch schon weg. Allerdings hab ich etwas unruhig geschlafen, da wir dachten, wir hätten nachts Alarm.

War aber nichts.

Gestern habe ich mir zwei kleine Flaschen Sekt gekauft, die hebe ich mir für das Wochenende auf. Eventuell werde ich auch noch mal Ausgang beantragen. Eine ordentliche Tasse Kaffee und ein Windbeutel mit Schlagsahne nebst einigen Apricot Brandys reizen mich doch sehr.

Meine Mutti hat mir heute auch geschrieben, und ich denke, dass ich über den Winter doch öfter nach Hause fahren muss, damit sie nicht so verlassen in der

Wohnung sitzt. Vielleicht könntest Du mich mal begleiten? Meine Mutter ist schon ganz gespannt auf Dich, sie sagt, noch nie hat sie eine ihrer Töchter so lustig mit einem Freund telefonieren hören. Na ja, diese Lustigkeit lag wohl auch an meinem angetörnten Zustand. Du hast übrigens eine sehr erwachsene Stimme am Telefon, wie ein richtiger Mann. Mir wird immer ganz schüchtern zumute.

Es ist schön, dass es Dich gibt für mich, Tom. Ich freue mich schon so sehr auf Dich. Friederike sagt, ich habe Dich eingefangen, aber ich glaube gar nicht, dass ich mir Deiner so sicher sein kann. Aber ein bisschen, Süßer, ein bisschen bleiben wir doch noch zusammen, ja?

Jetzt träum ich noch eine Runde vor mich hin, bevor die Kampfbahn mich wieder in die raue Wirklichkeit zurückreißt.

Mach's gut, mein Süßer, ich küsse Dich ganz zärtlich!

Dein verträumtes Evchen

Brief 4

30. Oktober 1984, Zivilverteidigungslager

Bin heil von der Sturmbahn zurückgekehrt, mein Süßer. Muss Dir gleich noch schreiben, dass mir Dein
Schüttelreim gut gefallen hat!

Die Sturmbahn hat mich mächtig geschafft.
Beim ersten Mal haben wir die Zeit nicht erreicht. Es
war ein Team-Lauf, alle vier mit Schnuffi und natürlich
dem blöden Hugo, so einem Körperdummy aus Holz,
auf der Trage. Beim zweiten Mal haben wir die Norm-
zeit um dreißig Sekunden unterboten, aber Marion ist
abgeklappt und Friederike hat mächtig geweint.

Und ehrlich, wenn es nicht mein Motto wäre, mich
nie vor anderen zu erniedrigen, ich hätte auch geheult. Wie die Tiere kriechen wir über die Bahn und
durch die Tunnel. Alles ist dreckig und schlammig und
trotzdem wühlt man sich da durch. Du wirst jetzt bestimmt lachen, weil es bei Euch noch viel schlimmer
ist. Aber ist es nicht bescheuert, wenn junge Frauen
sich vor Männern so zeigen müssen? Reicht es nicht
schon, wenn wir die Kinder bekommen? Müssen sie
hier auch noch testen, wie stark sie uns belasten können? Immer rauf auf die Mädchen.

Irgendwie verliert man hier mächtig an Würde. Außerdem, wenn wir hier den Krieg auch noch alleine schmeißen, dann brauchen wir Euch Männer ja fast nicht mehr. Gerade noch zum Kinder machen, ja? Also überhaupt, die ganze Zivilverteidigungslager-Idee ist doch bestimmt ein Einfall von Männern! Frauen kommen nie auf so blöde Ideen.

Ach, ich lass es, Du magst es ja nicht, wenn ich putsche. Dafür darfst Du aber später meine blauen Flecken pflegen. Carla findet Dich übrigens mittlerweile toll. Na, wie ist es? Versuchst Du es noch mal bei ihr? Aber wehe, ich erwische Dich. Dann mache ich Dir aus lauter Wut einen Kreuzknoten in den Süßen!

Zurzeit haben wir organisiertes Selbststudium. Das heißt, wir sitzen alle auf der Wiese, schreiben Briefe, lesen oder stricken. Arbeiten oder schriftliche Leistungskontrolle gibt es ja hier aktuell nicht. Nur zur Abschlussübung werden wir noch mal voll gefordert.

Das war's mal wieder. Küsschen über Küsschen von langsam hart werdenden, aus der Übung kommenden Lippen + ganz viel Streichelei von rauen Fingerspitzen.

Dein kampfbahngeschafftes, aber immer noch optimistisches Mohnhörnchen.

Brief 5

1. November 1984, Zivilverteidigungslager

Mein Süßer, grad habe ich eine Freistunde, also fange ich schon mal an zu schreiben. Das ist ein schöner November, was? Hoffentlich ist das Wetter in Magdeburg auch so.

Gestern habe ich also zum letzten Mal die Kampfbahn überwunden. Jetzt ist mir hier alles egal. Meine Sanitäterprüfung habe ich auch schon mit „sehr gut" abgeschlossen. Hast also jetzt immer eine Erste Hilfe zur Hand. In einer Viertelstunde muss ich mal wieder den Hugo ablassen. Auch als Prüfung. Das Stärkste ist ja, dass wir heute das Auto vom Oberst „entaktivieren" mussten, sprich waschen. Tja, so läuft das hier.

Gestern waren wir wieder kegeln und anschließend mit dem Sportlehrer und Zugführer einen Umtrunk halten. Da ich Frederikes Bier auch noch trinken musste, nebst einigen Apricot Brandys, ging es mir hinterher fast schon nicht mehr gut. Mache das Ganze aber trotzdem morgen noch mal mit.

Tja, Tom, ich habe mich nun also entschlossen. Ich fahre Freitag direkt mit dem Spätzug nach Hause. Ich hoffe, Du akzeptierst das, meine Mutti braucht mich nämlich ganz schön. Ich Dich eigentlich auch, aber da bleibt mir die Hoffnung, dass Du mich vielleicht zu Haus besuchst. Auf jeden Fall telefonieren wir, ja? Ob Du kommst, liegt ganz bei Dir.

Momentan bin ich ganz traurig. Manchmal muss ja auch ich „Verletzte" spielen, und das macht mir keinen Spaß, denn ich muss immer an meinen Vati denken. Alle reden darüber, wie man den Tod feststellt über Leichenflecken, Leichengift und so. Und ich sitze dazwischen und mir ist zum Heulen und die anderen, die so was noch nicht gesehen haben, können sich daran hochziehen. Ach, das ist alles Schiet.

Nun ist der Donnerstag auch fast geschafft. Wie Du merkst, werden meine Briefe doch etwas kürzer und vielleicht auch langweiliger. Persönliche Gespräche wären zur Abwechslung mal angebracht.

Schade, dass man immer irgendetwas zurückstecken muss, wie jetzt bei der Entscheidung, ob ich Freitag nach Hause fahre oder im Wohnheim auf Dich warte. Dieser Gedanke an das Kuscheln im Wohnheim macht mich doch mächtig wuschig. Ich freue mich schon so riesig auf Dich. Gott sei Dank sind die fünf Wochen bald vorbei.

Und nun liebe Grüße und Küsse, wo Du sie magst, von Deiner Evi.

Brief 6

2. November 1984, Zivilverteidigungslager

Kontra, mein Süßer!
Vor zwei Stunden kam Dein Brief, und zuerst war ich fix und alle. Falls Du mich traurig machen wolltest, hast Du es geschafft. Ich musste mir die Tränen verkneifen, und das ist ganz schön hart. Es ist so, dass mir jetzt alles egal ist. Du hast mir sogar die Freude auf zu Hause genommen. Schade, dass wir uns beide so behandeln, ich dachte immer, wir haben uns gern.
Ich bin dafür, dass wir lieber miteinander sprechen, dieser Briefwechsel macht sonst noch einiges kaputt. Und ich wäre traurig, wenn unsere Beziehung daran kaputtgeht.

Dein geknicktes Evchen.

Brief 7

Zwei Jahre später. 9. Oktober 1986

Und doch immer noch mein Süßer!
Erst mal sitze ich ganz sprachlos vor diesem Papier. Ich habe überlegt, ob ich nicht schreibe, aber Du weißt, dass ich meinen Gefühlen gerne Freiheit lasse. Ich danke Dir für Deinen Brief, auch wenn er nicht so ist, wie ich ihn mir gewünscht habe. Ich wollte keinen „geilen" Brief, sondern einen, woraus ich Deine Gefühle für mich ersehen kann. Denn das ist ja wohl der schwache Punkt bei uns beiden.

Ehrlich gesagt, war ich gerade so weit, dass ich ein Kind mit Dir wollte. Denn ich liebe Dich, Tom. Ja wirklich, ich liebe Deine Augen, Deine Hände, Dein Lachen, Deine Frechheiten, Deine Ordentlichkeit und sogar Deine verletzende Art. Und Deine Fehler akzeptiere ich, so wie Du meine akzeptieren musst. Und ich bekomme immer noch Herzklopfen, wenn ich bei Dir bin.

Du wirst nun sicher Deine Suche nach „der Frau" fortsetzen. Aber so etwas wie uns beide wird es nicht noch einmal geben.
Erstmals stumm, Evi

Brief 8

Monate später.

Ich würde mich freuen, wenn Du mir vielleicht heute noch mitteilen würdest, wie Dein Gefühlsstand ist. Ich hatte mich eigentlich Mittwoch beim Kauf der Piep-Kleidung gefreut, aber ich glaube, ich kann nun nicht so ohne Freude bei Dir sein. Falls Du also Samstag mit mir rein freundschaftlich verkehren möchtest, sag bitte Bescheid.

Ganz ehrlich, Tom? Manchmal fühle ich mich bei Dir wie ein Pappkarton. Jetzt zum Beispiel. Zum wiederholten Mal hochgehoben und wieder fallen gelassen zu werden, ist ganz schön hart.

Brief 9

Ein Jahr später.

Es ist jetzt 21.30 Uhr und ich sitze hier und zeichne und denke daran, dass Du da unten mit mindestens einem Mädchen bist. Warum bist Du so?

Dein „Ich freue mich auf ein tolles Mädchenwochenende" war doch wie ein kalter Waschlappen für mich. Tom, wenn ich Dich so wenig interessiere (außerhalb des Bettes), weshalb hast Du dann gewollt, dass wir wieder zusammenkommen? Sind wir nicht wieder genau da, wo wir schon mal waren? Und hast Du nicht damals eingesehen, dass Du Dich mir gegenüber gleichgültig verhalten hast? Werde Dir doch mal klar darüber, ob ich die Frau bin, die Du willst! Es ist ganz einfach, ich denke, Du hast Angst, Dich festzulegen und irgendwas zu verpassen. Aber ich habe keine Lust mehr, mich so behandeln zu lassen. Ich will jemanden, der mich liebt – und nicht nur auf Raten. Wozu hast Du diese Misere noch mal gewollt? Wozu anfangen, wenn doch alles ist wie früher?

Mein Gott, bin ich denn für Dich nur ein Loch und zärtliche Hände dazu?

Leben 7

Vom studentischen Zivilverteidigungslager in der DDR bis in mein Lieblingscafé in Paris!

Was für eine Lebensreise. Das mag ich am Leben, es verändert sich, bringt Neues, geschieht. Die Ausrichtung kommt durch mich, durch meine Sehnsucht. Und wie ich jetzt erst weiß, auch durch Hingabe.

Ja, ich sehe, ich war eine junge Frau, die zwar große Liebeslust hatte, aber gar kein Selbstbewusstsein. Ich lese es. Alle Briefe bestehen aus der Frage, willst Du mich oder nicht, aus einem Annähern und Wieder-Trennen, aus ein paar guten Zeiten und dann wieder absolutem Gefühlschaos. Und einer Angel, die sich Sex nannte.

In einer Trennungszeit mit Tom war ich mit einem anderen Mann befreundet. Er war zuvorkommend, liebevoll, immer für mich da und wollte schon nach drei Monaten heiraten. Ich wollte ihn nicht und auch nicht heiraten.

Er war mir zu langweilig.

Tom 5

Meine Probeleserin hat mir an dieser Stelle eine Frage gestellt. „Hast du je eine Forderung an einen Mann gestellt, den du geliebt hast?" Ja, das habe ich. Aber ich bin mir nicht sicher, ob ich ihn zu dieser Zeit noch geliebt habe.

Zum Ende des Studiums fing Tom an, wütend zu werden, wenn ich bestimmte Bücher, die selten waren in der DDR, doppelt kaufte. Eins für ihn und eins für mich.

„Hör auf damit, Evi, wir heiraten sowieso."

Wie bitte?

„Nein, Tom, ich kann dich nicht heiraten. Ich habe noch so viel vor in meinem Leben, ich will raus hier aus der Enge, jetzt fängt es doch gerade erst an. Und du, du träumst doch heute schon davon, wie du als alter Mann im Schrebergarten sitzt und die Liebesbriefe liest, die du in deiner Jugend bekommen hast. Nein, ich heirate dich nicht."

„Dann heirate ich eben die nächste Frau, die mir über den Weg läuft." Bei unserem Abschiedsfest der Studiengruppe war sie schon an seiner Seite. Eine alleinstehende Frau mit zwei kleinen Kindern. Da hatte er sie, seine Familie.

Fünf Jahre später besuchte er mich mit unserem gemeinsamen Freund Bernd in Köln. Völlig überraschend für mich begann er, mich zu verführen.

„Nein, Tom."

„Nein? Warum nicht?"

„Warum sollte ich mir dich noch einmal antun?"

„Weil du mich magst und weil du den Sex mit mir liebst."

Das stimmte. Das Gefühl war wie eh und je!

„Na, dann schau, wie du das hinbekommst."

Gemeinsam mit Bernd schwärmte Tom seiner Frau von der tollen Weiterbildung in Köln vor, auf die seine Firma ihn schickte.

So bekam ich jedes dritte Wochenende Tage der Lust geschenkt. Einfach so. Oder ich kündigte mich in Berlin an, wenn ich beruflich dort war, und lud ihn in mein Hotel ein. Ich mag gute Hotels bis heute gern, und ich habe diese Tage mit ihm, als meinem Geliebten, sehr genossen. Irgendwie die perfekte Beziehungsform für mich.

Ich merke, es ist nicht die Antwort auf die Frage meiner Leserin. Oder doch?

Ob ich an seine Frau gedacht habe?

Nein, keinen Moment.

Anders sein 2

Bis zu meinem sechsunddreißigsten Geburtstag dachte ich oft, ich sei so eine Art Maschinenmensch. Da gab es viele Gefühle, aber ich konnte sie nicht ausdrücken. Auf der Museumsinsel Hombroich gibt es große Eisenskulpturen von Anatol Herzfeld, die Eisenmänner. Zwischen diese habe ich mich gern gestellt und mich irgendwie zu Hause gefühlt.

Gleichzeitig wusste ich aber auch schon immer, dass es zwei Wendezeiten in meinem Leben geben wird. Einmal mit siebenunddreißig und dann wieder mit fünfundfünfzig. Beides hat sich bewahrheitet.

Ich war mir sicher, dass ich mit siebenunddreißig fühlen lernen würde. Mich berühren lassen – im wahrsten Sinne des Wortes, denn bis dahin hatte ich Menschen immer auf Abstand gehalten.

Außer beim Sex. Und so war es dann auch. Heute gibt es etwas Weiches, Warmes in mir und an mir, das gern Nähe zulässt.

Und die Phase ab fünfundfünfzig, in dieser bin ich nun. Beruflicher Wandel, raus aus der Business-Männerwelt und rein in eine weibliche Welt. Salons, Aufstellungsarbeit, Buch schreiben.

Großartig! Da ist so viel Leben in meinem Leben!

Christoph 4

Am nächsten Tag sind Christoph und ich mit dem Schiff auf die Fraueninsel gefahren. Es war immer noch so, dass ich lieber auf das Wasser blickte als auf ihn. Während wir spazieren gingen, erzählte er von seinem Leben. Er sei Jesuitenschüler gewesen. Und da er als Bluter ganz besondere Achtsamkeit brauche, sei es eben kein normales Leben gewesen. Ich hatte nachts ganz viele Narben an seinem Körper entdeckt und glaubte im jedes Wort. Studiert habe er zeitweise in Italien und dort mit einer Frau zusammengelebt, die vor kurzem bei einem Autounfall ums Leben gekommen sei. Seine große Liebe. Und nun sei ihre italienische – leider mafiöse – Familie wie seine eigene.

Da war er, der weltgewandte Mann, den ich mir immer gewünscht hatte. Alle Gefühle von „Hm, eigenartig" verbuchte ich unter, „Na, was weiß ich schon mit meiner kleinen Lebenserfahrung, die nun mal im Osten begann".

Und so hatten wir ganz gute Monate, in denen wir uns viel besuchten und irgendwann anfingen, eine Wohnung für uns am Chiemsee zu suchen. Es war noch nicht ganz so nah, wie ich es mir wünschte, oft war er nicht erreichbar, aber das würde schon noch

werden. Wenn wir zusammen waren, war es ein großes Sich-gegenseitig-Genießen. Ich schwebte im sieb-
ten Himmel!

Zu Weihnachten bekam ich einen Abschiedsbrief.
Er habe eine Frau kennengelernt, die würde seiner
alten Liebe so ähnlich sehen, und es sei jetzt vorbei
mit uns. Ich war mal wieder vollkommen geschockt.

Und dann bin ich einfach zusammengebrochen
und habe zwei Wochen durchgeweint. Ich erinnere
mich, dass ich an der Käsetheke im Supermarkt stand
und geheult habe. Ich dachte, das ist der Mann meines Lebens und jetzt wird das nichts.

Aus der Traum von Ehe und Kinderkriegen. Ich hatte keine Chance mehr, mich als Maschinenmensch zu
fühlen. Alle Dämme waren gebrochen.

Zwei Wochen später eine SMS:
„Kuss aus Rom. Fliege über Köln zurück. Können wir
uns treffen?"

Und meine unermüdlich hoffende Evi stand auf,
trocknete sich die Tränen und schrieb:
„Ja, natürlich, ich hole Dich vom Flughafen ab. Wann
bist Du da?"

Rose 3

Während ich schreibe, blicke ich auf meinen üppig blühenden Rosenbalkon. Es ist Juni und schon sehr heiß. Zu heiß für die Rosen auf meinem Sonnenbalkon. Ich muss sie nähren und gießen. Und ich müsste die verblühenden Blüten abschneiden. Aber das kann ich nicht. Ich sehe mich darin. Ich verblühe auch langsam, wir alle verblühen. Manche versuchen dann, eine Kunstrose zu werden, um ihre Schönheit zu erhalten. Ich nicht, ich vertrockne lieber irgendwann in Schönheit. Das können Rosen auch gut, wenn man den Moment erwischt.

Dieses Nähren und Gießen, das müssen wir auch lernen. Für uns selbst. Herausfinden, was uns nährt. Und es uns geben. Dann kann das Leben in voller Schönheit erblühen!
Warte nicht auf den Gärtner! Du bist keine Rose.

Tom 6

Tom war nun mein Liebhaber. Wir trafen uns ab und
an, und in der Zwischenzeit schrieben wir uns Briefe.
Lange Briefe. Wie früher. Liebesbriefe.
Ich schrieb die meinen an seine Mutter. Fräulein Evchen war wieder in seinem Leben.

Nachdem wir uns eine Weile nicht gesehen hatten,
da Tom mit seiner Familie im Urlaub war, rief Bernd
an. „Und, Eva, was macht ihr jetzt?"
„Wieso, was macht ihr jetzt? Tom hat gestern angerufen, er kommt wie geplant nächstes Wochenende."
„Aber Anette hat doch die Briefe gefunden."
„Wie bitte?"

Im Familienurlaub fühlte sich seine Frau krank, so
dass er allein mit den Kindern unterwegs war. Sie be-
schloss, zum Arzt zu gehen, und suchte die Auslands-
krankenscheine. In seinem Koffer. Und fand meine
Briefe. Alle.

Tom kam nach Köln und wollte mich heiraten.
Scheiden lassen von seiner Frau und mich heiraten.
„Aber, Tom, du kannst nicht von deiner Mutter direkt
nach dem Studium zu Anette ziehen und jetzt von
Anette zu mir. So geht das nicht. Leb doch erst mal
allein und dann schauen wir, was geht. Ja, komm gern

nach Köln, ich helfe dir, Arbeit und Wohnung zu finden. Aber heiraten? Nein, das will ich nicht."

Das war unsere letzte Begegnung für siebzehn Jahre.

Als Bernd heiratete, hat er uns beide eingeladen. Mir war etwas mulmig, aber he, siebzehn Jahre.

Ich saß mit einem Glas Wein draußen am Tisch, als Tom mit Anette kam. Sie gingen hinein und gratulierten Bernd und seiner Frau.

Dann kam Anette hinaus. „Hallo, Eva, kann ich mich zu dir setzen?"

„Ja, natürlich." Sie zündete sich eine Zigarette an und wir plauderten über Gott und die Welt.

Tom stand neben Bernd an der Bar, sie schauten uns zu. „Im Zweifel verbünden sich Frauen immer gegen den Mann", sagte Bernd. „Da hast du jetzt Pech, Alter."

Später, nach einer Weile, ging ich hinein und sah Tom mit Anette wunderschön tanzen. Sie waren ein Paar, ganz eindeutig.

Ich verabschiedete mich.

Christoph 5

Ja, ich ließ mich wieder auf Christoph ein. Vielleicht war ich einfach zu schnell. Gleich zusammenziehen, heiraten und Kinder kriegen, das mochten Männer nicht. Das wusste ich doch! Also ab jetzt nicht so viele Anforderungen stellen und dann wird das schon! Ich war doch eine tolle, gutaussehende, beruflich extrem erfolgreiche Frau. Der Sex war super, der intellektuelle Austausch auch, wir waren beide siebenunddreißig, also würde das schon werden. Manche bekamen erst mit vierzig ein Kind.

Wieder besuchten wir uns gegenseitig, machten Kurzurlaube, es gefiel mir. Wenn wir zusammen waren, war es wunderbar. Christoph war so schlau. Genau wie ich liebte er Architektur und konnte so viel erklären. Er war viel gereist, konnte mich in einer Stadt plötzlich an die Hand nehmen, in eine Straße ziehen, und dann war dort ein Art-Déco-Café oder ein im Jugendstil erbautes Haus. „Schau, Evi, das magst du doch." Schönheit sehen und berühren, das konnte er. Ja, er musste wirklich in Venedig gelebt haben, er zeigte mir die Stadt auf die schönste Art.

Aber immer diese Geschichten! Er hatte einem Mädchen das Leben gerettet, das in Venedig in den

Kanal gefallen war. Hm, ein Held an meiner Seite? Andererseits hatte er in seinem Auto ein Faltkanu, und immer, wenn es seine Zeit auf Geschäftsreisen zuließ, fuhr er an einen See und paddelte eine Runde. Wasser war also sein Element. Und diese mafiöse Familie, die ihn bedrängte, Geld zu waschen? Was sollte ich darüber denken?

Aber wenn er da war, war er da, ganz intensiv, ganz bei mir. Keine Telefonate mit anderen, auch keine Begegnungen.

„Hast du keine Freunde?"

„Doch, aber jetzt bist du doch hier."

Und wenn er weg war, war er weg. Ging nicht ans Telefon, beantworte E-Mails nur knapp. Und ich spürte auch immer mehr, wann der Moment kam, dass er gehen musste, wenn er bei mir war. Oder ich gehen musste, wenn ich bei ihm war. Was war das nur? Er war so getrieben, so ruhelos.

„Wenn ich das eine mache, verpasse ich so viel anderes, Evi."

Eines Tages rief er an, er könne nicht kommen am Wochenende. Es klang, als wäre er in einer leeren Wohnung. Und war er betrunken? Das hatte ich noch nie erlebt. Sein Freund, mit dem er sich eine Wohnung in München teilte, sei verunglückt, deshalb sei er jetzt in Wien auf der Intensivstation. Und er habe einen

Brief von dem Freund bekommen. „Evi, er schreibt, er hat keine Eltern mehr, deshalb hat er mich in seinem Testament als Erben benannt. Das Testament war dabei, ich bin jetzt ein Millionenerbe."

Das war für Christoph ein Schock. Und der zweite Schock war, dass der Freund ihn so gerne hatte. Das hatte er nicht geahnt. Er weinte bitterlich. Was für ein Drama! Natürlich habe ich mir sofort einen Flug gebucht und bin nach Wien geflogen. Per SMS schrieb ich ihm meine Ankunftszeit. Ich wurde nicht abgeholt und war sehr verwundert. Dann nahm ich mir eben erst mal ein Hotelzimmer und versuchte weiterhin, ihn zu erreichen.

In unfassbarer Weise bin ich wirklich durch die Krankenhäuser Wiens gelaufen, habe bei den Intensivstationen geklingelt und meine Geschichte erzählt. Hier müsse ein Herr Sowieso mit einem verunglückten Freund sein. Aber niemand wusste davon. Nach zwei Tagen hatte ich ihn am Telefon. Er war vollkommen geschockt, dass ich in Wien war, sagte, nein, der Freund sei jetzt verstorben. Und er sei schon längst wieder in München und würde sich um die Überführung kümmern.

Ja, ich weiß, es klingt wie hochgradiger Blödsinn. Aber ich habe es geglaubt.

Sinn 4

Wie wirklich ist die Wirklichkeit? Was ist wahr, was ist Lüge? Kann ich meinem Bauchgefühl vertrauen?

Bisher war ich nach meiner Kindheit in einer stabilen Welt gewesen. IT-Business, Software-Beratung. IT ist 0 oder 1. Mehr gibt es nicht. Es funktioniert oder es funktioniert nicht. In dieser Welt fühlte ich mich wohl und kannte mich aus. Mein Verstand war extrem logisch. Mein Blick flog über lange Reihen von Programmcodes und sah den Fehler sofort. Welche Befriedigung, wenn das Problem gelöst war.

Immer öfter übernahm ich die Projektleitung, bekam Teams, und auch dort konnte ich strukturiert arbeiten. Wenn jedes Rädchen das Seine tut, entstehen Lösungen. Sichtbare Lösungen. Wirklichkeit!

Wenn ich aber Mitarbeiter der Kunden fragte, wo denn das Problem liege, begannen diese neuerdings, mir von ihren privaten Themen auf der Arbeit zu erzählen, nicht von den Problemen mit ihrer derzeitigen Software. Was sollte ich darauf antworten? Hm, ich musste die Sache mit dem Fühlen, das Zwischenmenschliche mehr verstehen.

Meiner Schwester sagte ich, dass ich Psychologie studieren wolle. „Wozu denn studieren? Für das, was du suchst, reicht es auch, Bücher zu lesen. Psychologiestudenten machen auch nichts anderes." Hm, und welche Bücher?

In einer der vielen Auszeiten mit Christoph war ich erneut im Dating-Internet und entdeckte einen Mann, der Kommunikationstrainer war. Das klang ja interessant, dem schrieb ich. Er meldete sich eine Woche nicht und ich schrieb ihm, was er denn für ein Kommunikationstrainer sei, wenn er die schlichteste und höflichste Form der Kommunikation nicht beherrschte: freundlich zu antworten.

So stritten wir uns in eine Beziehung hinein, und ich bekam eine Ahnung von seinem Beruf. Er selbst bezeichnete sich als „Fährmann für Frauen". Er würde immer Frauen kennenlernen, die gerade traurig aus einer Beziehung kamen und dann bei ihm blieben, bis der nächste kam. Ich liebte ihn nicht, aber wir hatten eine gute Zeit.

Da wirkte es mal wieder, dieses „Sei schlau und du hast mich". Erstmals hörte ich Worte wie Gestalttherapie, Anima und Animus, Archetypen etc. Da waren sie, meine Buchempfehlungen!

Beim Sex fand ich uns wie ein altes Ehepaar. Aber vielleicht war das ja das Richtige? Ich liebte ihn so wenig, dass ich ihn meiner Familie vorstellte.

Dann organisierte ich seinen Geburtstag. Von den fünfundzwanzig Gästen waren zwanzig Frauen. Und irgendwann dämmerte es mir. Es waren alles Ex-Freundinnen!

Da kam auch schon die erste und sagte:

„Hallo, Eva Maria, du bist gerade die aktuelle Favoritin, habe ich gehört?"

Tolle Frauen! Mit einigen bin ich heute noch befreundet.

Tom 7

E-Mail von Tom. „Eva, wir haben ja bald Seminargruppentreffen. Können wir uns sehen vorher? Ich vermute, du bist sauer auf mich, da du auf Bernds Hochzeit plötzlich weg warst. Wir haben gar nicht geredet. Kann ich dich zum Essen einladen?"

Statt Briefe waren es jetzt E-Mails. Alles wie immer. Unsere Körper waren entflammt. Ich glaube, das ist einfach so. Es gibt Körper, die sich begehren. Schlüssel-Schloss-Prinzip. Es passt einfach.

Wir sind uns begegnet und siebzehn Jahre, ach was, fünfunddreißig Jahre waren weg. Wir fühlten uns wie zwanzig. Die Küsse schmeckten genauso. Aber nun waren wir weise. Altersweise. Das geht nicht und führt auch zu nichts.

Doch die Briefe und damit viele vergessene Erinnerungen, die habe ich nun.

Zum Seminargruppentreffen kam Tom nicht. Da man den Körper nicht zähmen kann, muss der Verstand das regeln.

Christoph 6

Langsam zerrütteten mich die Kontaktabbrüche mit Christoph. Ich begann zu schreien und zu toben, und dabei kamen Facetten von mir und meinem Innenleben hoch, über die ich heute noch überrascht bin. Ich habe sehr böse E-Mails geschrieben und Wuttiraden auf seiner Mailbox hinterlassen. Von Angesicht zu Angesicht haben wir uns nie gestritten, das hat er nicht zugelassen. Wenn ich getobt habe, hat er mich in den Arm genommen und gesagt: „Oh Gott, Evi, was du für ein Feuer in dir hast, das ist ja unfassbar!"

Und schon war es gebrochen.

Wenn er da war, war ich vollkommen glücklich, wie in einem Glücksrausch, wahrscheinlich durch diese Intensität, und wenn er weg war, fiel ich in ein tiefes Loch. Und immer die Frage, was fehlt? Was stimmt mit mir nicht? Warum liebt er mich nicht?

Einmal saßen wir, nachdem wir in einem Hotel Sex hatten, gemeinsam im Restaurant und ich spürte, wie er sich innerlich von mir entfernte. Voller Wut bestellte ich mir eine zweite Portion gebackenen Camembert. Er schaute überrascht. „Was ist los, du isst doch sonst nicht so viel?"

Ich antwortete nicht, dachte aber: ich fresse mich jetzt fett, dann gibt's wenigstens einen sichtbaren Grund, weshalb du mich nicht liebst.

Obendrein begann ich auch noch, an meiner Wahrnehmung zu zweifeln. Plötzlich wusste ich nicht mehr, was stimmte und was nicht. Wem vertraue ich, meinem Bauchgefühl oder ihm? Ich wollte natürlich unwahrscheinlich gern, dass es stimmte, was er erzählte, habe mich aber sehr hinterfragt. Und zweifelte an vielem.

Dann kam der Moment, der alles änderte. Der Moment, in dem ich erkannte, dass er auf hohem Niveau log.

Bei einem meiner Besuche hatte er ein Regal gekauft, und wir bauten es gemeinsam auf. Zwei Wochen später war er bei mir in Köln. Wir gingen spazieren und standen vor einem Möbelhaus. Er sah das Regal und sagte:

„Das Regal hätte ich gerne. Das finde ich supertoll."

Ich guckte ihn an und dachte, das kann doch jetzt nicht wahr sein.

„Aber Christoph, das hast du, das haben wir gemeinsam aufgebaut. Du hast dieses Regal."

Er grinste verschämt und guckte weg, und in dem Moment wurde mir schlagartig bewusst, dass er log. Dieser triviale Moment hat alles geändert.

Nun begann ich, immer wenn er etwas erzählte, zu prüfen: Glaube ich das oder glaube ich das nicht?

Einmal erzählte er, als er bei mir war, er habe einen stillgelegten Bahnhof gekauft und würde den jetzt umbauen. Es wurde nun fast wie ein Ritual: Wenn er kam, kochte ich immer schön für uns, wir liebten uns, dann aßen wir, und anschließend saß er da und erzählte, während ich ihm zuhörte. Es wurde meine wesentliche Rolle zuzuhören. Am Ende dieses Gesprächs sagte ich: Und jetzt hast du geträumt mit offenen Augen und hast du mir von deinem Traum erzählt. Das ist nicht wahr. Du hast keinen Bahnhof." Daraufhin hat er wieder nur verschämt gegrinst.

Meine Kraft, ihn haben zu wollen, wich langsam aus mir.

Manchmal kam es noch zu raschen Begegnungen in Hotels, bei denen ich oft nach dem Sex ging. Ich hatte keine Energie mehr für all die ausgesprochenen Lügen. Es kam zu einem letzten Verführungsritual seinerseits, das ich mittendrin abbrach.

Es war vorbei.

Sinn 5

Die Lügen hatten Spuren hinterlassen in mir. Die vertrauensvolle Welt, so schwierig sie auch war, aber in der ich mich auskannte und seismologisch Stimmungen wahrnehmen konnte, war weg. Und ich begann, nach Wissen zu forschen. Was ist wirklich, was stimmt und was stimmt nicht? Wie wirklich ist die Wirklichkeit? Das war meine große Frage.

Ich hatte auf etwas reagiert, das gar nicht wahr war. In Wien hatte ich im Stephansdom Kerzen für seinen „todkranken Freund" angezündet, der gar nicht existierte.

Mir wurde bewusst, dass die Lüge wirkte und dass ich darauf reagiert hatte, als wäre es wahr gewesen. Auch körperlich. Ich bin gereist, ich habe gefühlt, ich habe geweint, alles auf der Basis einer Lügengeschichte! Nichts davon war Realität, aber mein ganzer Körper hatte es gespürt, als wäre es Realität gewesen. Ich entwickelte eine große Faszination herauszufinden, festzustellen, was da passiert war. Das wollte ich verstehen.

So begann ich eine tiefenpsychologische Ausbildung nach C. G. Jung und tauchte in mir bis dato vollkommen unbekannte Welten ein. Ich lernte unter anderem endlich, Menschen zu umarmen und mit meinem Körper in archetypischen Rollenspielen Gefühle wahrzunehmen und auch auszudrücken. Über zwei Jahre hinweg war ich in einem eigenen schmerzhaften Transformationsprozess. Das Einzelcoaching, das zur Ausbildung gehörte, beruhte auf einer Methode, die in uns einen Filter zerreißen sollte, damit Unbewusstes, Zurückgehaltenes aufsteigen konnte.

Im Nachhinein muss ich sagen, es war eine sehr brutale Methode. Aber ich wollte es ja so. Und so weinte ich mich Schicht um Schicht in mein Inneres. Ja, ich lernte fühlen. Mich fühlen.

Aber statt weniger Fragen hatte ich nun noch mehr. Ich wollte noch tiefer oder besser gesagt: weiter schauen. Nahtlos begann ich eine weitere Ausbildung.

Schamanismus klang interessant und würde mir eine weitere Welt eröffnen.

Christoph 7

Das Telefon klingelte und eine junge Frau fragte mich, ob ich Christoph kennen würde.

„Ja, den kenne ich."

Ob ich mal seine Freundin gewesen sei.

„Ja, war ich."

Sie, Sylvia, sei seine aktuelle Freundin. Sie habe sein Handy geknackt und meine Nachrichten gefunden. Und Nachrichten von vielen, vielen anderen Frauen.

Sie habe jetzt anhand der Zeiträume der Nachrichten eine Auswertung erstellt.

„In der Zeit mit Ihnen war er parallel mit vierzehn anderen Frauen zusammen."

Christoph ein Casanova? Niemals! Dafür war er nicht attraktiv genug. Doch es stimmte. Sylvia, die ihn von seiner Frauensucht heilen wollte, stellte einen Kontakt zwischen uns Frauen her. Jede schrieb ihre „Geschichte" mit ihm auf. Auch seine geschiedene Frau.

Es stellte sich heraus, dass er für jede eine eigene Geschichte gebastelt hatte. Er war bei jeder jemand anderes, mit einem anderen Beruf, einem anderen Leben. Deshalb war die gemeinsame Zeit so intensiv, er musste sich konzentrieren. Wer bin ich hier mit ihr, in welchem Film sind wir?

Berührt hat mich das Telefonat mit der Frau, mit der er zu meiner Zeit in München zusammenlebte. Ich wusste viel von ihr und ihrem gemeinsamen Leben, denn er hatte mir dies oft als Erlebnisse eines Kollegen und dessen Frau geschildert. Mit ihr hatte er gar keinen Sex mehr, sie war eine Heilige für ihn. Und ich die Hure. Ich schämte mich ihr gegenüber.

Keine der Frauen ahnte, dass da eine, geschweige denn viele andere Frauen waren. Es hat mir sehr geholfen, das alles zu erfahren. Wir waren alles wunderbare, selbständig im Leben stehende Frauen, und wir hatten alle nur eine Gemeinsamkeit – wir waren nett. Und wir waren alle auf ihn reingefallen. Er hatte einfach für jede eine andere Realität gebaut. Das war wie eine Sucht für ihn.

Es hatte gar nichts mit mir zu tun. Ich war die ganze Zeit austauschbar gewesen. Viele, viele Jahre.

Knacks

Wie schafft man es, sich von altem Mist zu lösen, ohne noch einmal in die Geschichte einzutauchen?

Es ist wie Kelleraufräumen. Man will den Inhalt der jahrelang nicht ausgepackten Umzugskisten direkt wegwerfen, kramt dann aber stundenlang in Erinnerungen. Und ist am Ende erschöpft. Weil es eben vergangen ist. Womit hadere ich? Es ist Zeit, kostbare Lebenszeit. Verschwendet.

Vergangenheit ist vergangen und alternativlos. Einziger guter Gedanke. Nein, es gibt noch einen zweiten guten Gedanken: Überlebt!

Zwei Jahre habe ich mich auf eine schamanische Selbsterfahrung eingelassen. Mein Drang, wissen zu wollen, wie Leben und Lieben funktioniert, war einfach zu groß. Wille und schamanische Energien sind keine gute Kombination. Und Lehrmeister, die nicht in einem schamanisch geprägten Kulturkreis aufgewachsen sind, auch nicht. Aber das wusste ich vorher nicht.

Am Ende der Weiterbildung nahm ich an einem Drogenritual teil. Nachts auf der Rückfahrt schaute ich in andere Autos und dachte: „Ist denn schon Halloween? Da sitzen ja lauter Gerippe drin."

Ich war in einer Psychose gelandet.

Bekam Antidepressiva, wurde dumpf und nahm in kürzester Zeit zwanzig Kilo zu. Innerlich war ich leer. Vollkommen leer. Und das machte Panik. Nun war ich vierzig und das Wollen und Müssen hatte sich in die Hoffnung verwandelt, doch bitte, bitte zu überleben. Ich begann, den Traum vom Laufen unter Wasser zu träumen.

Sieben Jahre war ich innerlich im Dunklen. Äußerlich irgendwie gelebt.

Und dann kam der Tag, an dem ich das fühlte, was Flo Mega in seinem Lied „Zurück" singt:

„Ich drücke die Klinke der Tür, die zu mir führt, und denke: Oh, endlich mal wieder Besuch!

Ich bin zurück."

Epilog

Dieses Buch endet mit dem Knacks in meinem Leben, und ich schreibe es zu einer Zeit, in der die Welt auch einen Knacks hat. Ausgelöst durch das Corona-Virus.

Man könnte sagen, irgendeine Kraft greift ein, wenn etwas aus dem Lot ist. Aus der gesunden Mitte.

Mein Buch ist fast fertig und wir sind aus dem Lockdown raus. Und die Welt ist eine andere. Die ganze Welt! Unser Leben hier in Deutschland ist fragiler geworden, zerbrechlicher, angreifbarer. Der Tod, der für jeden von uns zum Leben dazugehört, hat sich gezeigt. Deutlich. Manche haben es geschafft, ihn zu sich zu nehmen wie einen Freund, den man fragen kann: „Wie lebe ich eigentlich, was mache ich aus meiner Lebenszeit, was hinterlasse ich? Macht das alles einen Sinn? Mache ich Sinn?"

Andere haben zu große Angst, die eigene Endlichkeit zu spüren. Weg damit! Ich will die Warnlampe im Auto überkleben, einfach weiterfahren. Es soll so werden wie früher. Unbewusst.

Nach meinem Knacks und dem Spüren des Todes, der auf mich wartet, war eine wichtige Erkenntnis:

Man kann nicht in die Zeit vor einer Erfahrung zurück. Äußerlich vielleicht, innerlich nie mehr!

Und so brauchen die Menschen, so wie ich damals auch, vor allem Vertrauen. Vertrauen in Menschen und in das Leben selbst. Vertrauen in Menschen, die einen durch diese Erfahrung hindurchbegleiten, nicht an der Seite vorbei. Das ist die Chance unserer Zeit, einer Zeit, in der es Unterstützung gibt.

Deutschland war vor der Pandemie gefühlt in genau so einem Müssen und Wollen wie ich. Mehr, mehr, mehr! Das Hamsterrad bringt noch mehr Geld und schnellere Bedürfnisbefriedigung. Oder das ganze Gegenteil. Lethargie. Fernsehen. Internet. Spiele spielen. Sein Leben vertun. Gibt ja genug davon!

Zeitvertreib. Frei nach Rilke schreibe ich: „Sie, die Zeit, zu halten, das wäre der Sinn!" Und bewusst zu gestalten, für ein gutes Miteinander.

Etwas, das mir nach meinem Knacks immer bewusster wurde. Wir brauchen einander! Und da ist sie dann wieder, die Liebe. Nicht irgendwo, sondern in uns.

Dieses Buch habe ich aus einer systemischen Haltung heraus geschrieben. Aus einer Haltung, die nur hinschaut und sagt: Ja, so war es. Ja, das war mein Lebensweg. Schau, so war es, oder besser, so erinnere ich es. Denn die eine Wahrheit gibt es nicht.

Alle Beteiligten würden die geschilderten Situationen anders beschreiben. Mein bisheriger Lebensweg hat mich zu der gemacht, die ich jetzt bin. Und der Moment jetzt macht mich zu der, die ich sein werde. Wir sind alle Natur, im Werden und Vergehen eingebettet.

Meinen Weg der Hingabe an das Leben und das Weibliche, den werde ich im nächsten Buch beschreiben. Ich freue mich darauf, von meiner Heilung zu schreiben und parallel auch von der Heilung der Welt. Denn das ist für mich der einzig nützliche Gedanke.

Anmerkungen

1. Im Sinne der Salons der Zwanzigerjahre in Berlin und Paris führe ich seit 2019 einen monatlichen Salon zu einem Thema, das mich gerade interessiert. So sprachen wir über Würde, über Serendipity, also den glücklichen Zufall, über Weiblichkeit und Männlichkeit und auch über unsere Ahnen. Wichtig sind mir der Müßiggang an diesen Abenden und das Genießen der Gespräche bei gutem Essen und Trinken. Sich ausreichend Zeit nehmen nur für das Wechseln von Worten, das mag ich.

2. In Berlin gibt es die Bohème Sauvage, eine Gesellschaft für gute Unterhaltung. Ich gehe gern in original Zwanzigerjahre-Kleidung zu den Veranstaltungen und Yachtausflügen. Eine Damenzigarettenspitze und eine Federboa gehören natürlich dazu.
https://www.boheme-sauvage.com/

3. Ich empfehle alle Bücher von Wilfried Nelles und ebenfalls die Veranstaltungen der beiden Nelles-Männer. Ich wünschte, jeder würde einmal in seinem Leben einen LIP-Prozess erfahren.
Und wie das Leben so spielt, habe ich die Angebote und damit die Weisheit und das Wissen von Wilfried

Nelles erst spät entdeckt. Als ich in Köln wohnte, wäre das Institut in der Eiffel räumlich ganz nah gewesen, aber damals war es mir eben noch unbekannt. Und jetzt frage ich mich gerade, was hier für mich um die Ecke Gutes auf mich wartet, und weiß es nicht.
https://www.nellesinstitut.de/

4. Ich danke Gudrun Otten, dass Sie mich motiviert hat, das Buch zu schreiben und mich im gesamten achtwöchigen Prozess mit ihren Impulsen begleitet hat.
https://www.go-impuls.com/

5. Den Film „Diplomatie" von Volker Schlöndorff aus dem Jahr 2014 habe ich in Paris gesehen. Er zeigt, dass Paris 1945 schon komplett vermint war und wie in letzter Sekunde die Sprengung verhindert wurde.
Und obwohl ich mitten in Paris saß und wusste, Paris ist nicht zerstört worden, musste ich zwischendurch den Film ausmachen und mich erholen, so spannend war es.

6. Eine hilfreiche Methode bei meinem Weg in die Lebenszufriedenheit war und ist für mich das Erkennen bzw. Wirkenlassen von Zusammenhängen. Unsichtbaren Zusammenhängen. Die Aufstellungsmethoden, die bekannt wurden durch das sogenannte Familienstellen, werden heute in zahlreichen anderen

Situationen angewendet. Man kann diese phäno-menologische Arbeit mit Menschen als Stellvertreter für das Feld, das sich öffnet, durchführen oder auch mit Figuren. Eine weitere Besonderheit dieser Methode ist, dass jemand, der nie in solchem Feld gestanden hat oder für sich eine Aufstellung erfahren hat, dies nicht verstehen wird. Rational ist die Methode nicht begreifbar. Sie ist nur erfahrbar. Genau wie die Liebe.
https://www.eva-maria-gutt.de/beratung/

7. Bettina Fuchs empfehle ich aus tiefstem Herzen, wenn man Klarheit finden möchte und gleichzeitig seinem Körper näher sein will.
https://www.dgak.de/de/kinesiologen/kinesiologe.php?id=1376

Inhaltsverzeichnis

Wurzelblüten n°1

Aus dem Vollen schöpfen
staunend der Erde beim Öffnen zusehen
Nähe zulassen
trotz der Angst
die legt sich
leise
wie ein sanfter Reißverschluss
über Herzkammern
rechts und links verbunden
leise reißt der Verschluss
Herzschlag führt
immer tiefer in die eigene Erde
gräbt
vollkommen ohne Scham
die eigenen Wurzeln aus der Erde
und schaut ihnen
atemlos glücklich geworden
beim mutigen Blühen zu

Das ist Eva Maria GUTT

© Gudrun Otten, Mallorca 24. April 2020

© Eva Maria Gutt, 2020
www.eva-maria-gutt.de

Foto: Jacqueline Illemann, Ahlbeck
www.fotoprosaundmeer.com

Coverbild: Frauke Veldkamp, Bremen
www.frauke-veldkamp-kunst.de

Verlag und Druck : tredition GmbH
Halenreihe 40-44, 22359 Hamburg

ISBN:
978-3-347-16216-7 (Paperback)
978-3-347-16217-4 (Hardcover)
978-3-347-16218-1 (e-Book)

Zeitfracht Medien GmbH
Ferdinand-Jühlke-Straße 7
99095 Erfurt, Deutschland
produktsicherheit@kolibri360.de